D1135331

VOOR DE KAT Z'N VIOOL

Marja Visscher

Voor de kat z'n viool

Met tekeningen van Liza Jazenko

UITGEVERIJ
DEBOEKTANT

2004

Van Marja Visscher verscheen eerder:

Als je van de trap afvalt... (ISBN 90-5534-214-9)
Een oma met een helm   (ISBN 90-5534-215-7)

In voorbereiding:

Rara, dat ben ik

BIBLIOTHEE⬝ BREDA
Wijkbih⬝⬝⬝ ⬝ ⬝ West
Dr. Struyck⬝⬝⬝traat 161
tel. 076 - 5144178

NEDERLANDSE
KINDERJURY
2005

Illustraties en omslag: Liza Jazenko
Druk: Gebr. De Waal, Sommelsdijk

ISBN 90-5534-216-5
NUR 280

Inhoud

Diploma

Tomi zit op het stoepje voor de deur van haar huis. Het is woensdagmiddag. Zij kijkt naar Daan die zijn voetbal hoog probeert te houden.

'Ik zei wat!' Tomi verheft haar stem en komt overeind.

'Oh, ja?' zegt Daan. 'Ik hoorde het niet, want ik ben met m'n bal bezig.'

'En als je met de bal bezig bent, heb je zeker dingetjes in je oren,' zegt Tomi hatelijk. Daan geeft geen antwoord. De bal gaat van zijn voet omhoog. Hij kopt de bal en laat hem over zijn schouder glijden. Nu is de bal weer op zijn voet.

'Is trouwens heel vervelend hoor, dingetjes in je oren bedoel ik. Lekker handig bij een wedstrijd, hoor je de scheidsrechter niet. Krijg je een gele kaart,' draaft Tomi door. Het lijkt Daan niet te storen. De bal heeft nog steeds de grond niet geraakt. Hij heeft er plezier in, dat kan je zo wel aan hem zien.

'Ik zeg het alleen nog een keer als jij vraagt: wat zei je?' Tomi wacht een poosje. De bal gaat weer omhoog. Daan kopt, nog eens, nog eens en nog eens…

Tomi komt nu dichterbij. Ze geeft Daan een duw. Het lijkt nu of Daan gaat vallen, maar het gekke is dat zijn hoofd weer net onder de bal terecht komt. Best wel knap eigenlijk. Later zal Daan wel een goede voetballer worden, denkt ze. Maar dat zegt ze natuurlijk niet hardop. Loopt hij zo naast z'n sportschoenen. Dat is nou ook de bedoeling weer niet.

'Ik kom vanmiddag lekker niet naar je training kijken,' schreeuwt Tomi kwaad.

'Ja, dat zei je daarnet ook al,' zegt Daan en vangt de bal op in zijn handen.

'Zo, dus je hebt me wel gehoord.' Tomi kijkt beledigd de andere kant uit.

'Jawel, hoor,' zegt Daan goedig. 'Je zei alleen niet waar je dan wel heen gaat.'

'Dat had ik ook nog niet gezegd,' mokt Tomi, 'maar als je het weten wilt, ik krijg vanmiddag mijn blokfluitdiploma. D'r komt een directeur van de muziekschool en die gaat vertellen over allerlei instrumenten.'

'Nou, tof voor je,' zegt Daan en gooit zijn bal weer omhoog.

'Daarna mag ik een instrument kiezen,' meldt ze nog terwijl ze wegloopt.

'Hebben ze die dan zomaar?' vraagt Daan verwonderd.

'Ja,' zegt Tomi resoluut, terwijl ze nog even blijft staan. 'En ik ga voor viool.'

'Hij is fijn,' zegt Daan als hij bedenkt dat Tomi's kamertje boven dat van hem is. 'Kattengejank,' denkt hij hardop en griezelt zichtbaar. Je zal zulke buren maar hebben.

'Ik ga hard studeren, dan word ik later wereldberoemd,' zegt Tomi. Ze sluit even haar ogen. Die gedachte is bijzonder gaaf, vindt ze zelf.

'Hi, hi,' grinnikt Daan, 'wereldberoemd in heel Nederland zeker. Dat zegt m'n vader altijd.'

'Ja, misschien met dat stomme voetbal van je. Maar ik denk dat ik veel zal reizen. Misschien, als ik dan een enkele keer aan je denk, stuur ik je een ansichtkaart.'

'Met een hoop kusjes er op?' plaagt Daan.

Tomi's gezicht wordt helemaal rood. Ze vindt het zelf heel stom dat ze er zo'n kleur van krijgt. Daan zou er nog wat van kunnen denken.

Daarom bedenkt ze gauw iets waarvan ze weet dat Daan het niet leuk vindt als ze het zegt.

'Zorg jij nu maar dat je de veters van je voetbalschoenen kunt strikken!' Tomi bekijkt met genoegen het resultaat. Zo, die zit. Die weet even niet meer wat hij zeggen moet. Ze kijkt naar zijn sportschoenen, ook die veters zijn niet gestrikt. Daan ziet dat Tomi naar zijn schoenen kijkt. Nu zijn het Daans wangen die kleuren. Het is maar even. 'Joh, misschien is het je nog niet opgevallen, maar dit is mode hoor! Alle jongens dragen ze zo, dat is cool!'

'Ja, lekker cool. Wereldberoemd in Nederland. Schrijft de krant straks: voetballer schiet zijn schoen in het doel!' Nu weet Daan even niet meer wat hij zeggen moet. Die rare meiden ook. Hij weet dat het stom is dat hij z'n veters nog steeds niet goed kan strikken. Het gaat wel, maar niet van die strakke. Gelukkig gaat Tomi altijd mee naar de training en de wedstrijden. Zij let altijd op zijn veters als het weer eens niet gelukt is. Eigenlijk is ze best wel lief. Hij kijkt naar Tomi, zo recht in haar ogen.

Tomi kijkt terug en dan wordt ze weer net zo rood als daarnet. Als hij zo naar haar kijkt dan is Tomi wel een beetje op Daan. Maar dat hoeft-ie natuurlijk niet te weten. Ze wil eerst maar eens viool gaan leren spelen. Kun je later altijd nog zien, denkt ze praktisch. Ze draait zich om en kijkt op de kerkklok.

'Het is al laat. Ik moet gaan,' zegt ze daarom maar gauw.

'Veel plezier hè,' roept hij Tomi achterna. Dat klinkt verschrikkelijk lief. Gelukkig ziet hij Tomi's rode wangen niet.

Canon

Tomi zit vooraan in de klas van de muziekschool. Ze voelt zich helemaal opgewonden. Het is tenslotte niet niks, je eerste diploma. De blokfluit met het muziekboekje ligt voor haar op tafel. Het is de bedoeling dat ze straks iets gaan spelen voor de directeur van de muziekschool. Het is een heel moeilijk stukje. Ze noemen het een canon.

Niet zo een met kogels, maar gewoon een liedje met twee regels door elkaar heen. Eerst begint de eerste rij kinderen te spelen. Als zij de eerste regel hebben gespeeld, begint de tweede rij met de eerste regel. Toen ze aan het oefenen waren, ging het telkens fout. Tomi had er helemaal de slappe lach van gekregen. Ze zag de armen van de muziekjuf die dirigeerde steeds wilder om zich heen zwaaien. En vals dat het klonk... verschrikkelijk vals! Ja, het was echt een zooitje.

Nu Tomi er aan denkt wordt ze er stikzenuwachtig van. Straks komt de directeur. Dat is vast zo'n kale met een bril en een stropdas. Stel je voor dat de canon dan weer niet lukt.

Tomi's fantasie slaat op hol. Ze ziet in gedachten de muziekjuf met haar armen zwaaien, steeds wilder en wilder. Het klinkt nog valser. Er zitten nu wel zes regels door elkaar heen. De directeur rent met z'n handen aan zijn oren het lokaal uit. Nou, dan kun je je diploma wel gedag zeggen!

Iedereen praat door elkaar. De muziekjuf vindt het blijkbaar niet erg. Dan wordt er op de deur geklopt. Daar zul je hem hebben, denkt Tomi. Ze is nieuwsgierig wie er binnenkomt. Dat valt mee. Helemaal geen kale rechte met een bril. Het is een leuke lange met een snor en een spijkerbroek. Maar wel één met een stropdas. Onder zijn arm heeft hij de diploma's, dat ziet Tomi direct. Ze zucht van opluchting. Het zou nu best wel eens een leuke middag kunnen worden.

De muziekjuf is achter in de klas gaan staan. Die is zeker bang dat ze de canon moet dirigeren, dat zie je zo. Maar die snor heeft nergens erg in. Die weet helemaal niet van een canon. Hij staat nu vlak voor Tomi's tafel en maakt grapjes. Als iedereen stil is zegt hij: 'Jullie hebben het hele jaar goed je best gedaan. Je hebt noten leren eten... eh, lezen bedoel ik.' Tomi giechelt. De snor wiebelt plezierig op en neer. 'En je hebt een instrument leren bespelen, de blokfluit. Voordat ik nu de diploma's uitreik, wil ik jullie eerst wel eens horen.'

'Oh, jee,' denkt Tomi, 'toch de canon.' Ze durft niet achterom te kijken naar de muziekjuf. Die zweet vast peentjes. De snor zet er vaart achter.

'Ik begin maar met jou.' Hij wijst op Jan-Willem, die naast Tomi zit. 'Pak je blokfluit maar. Ik wil van jou horen hoe een fluitketel klinkt. Doe hem maar na met de noot A.' Tomi geniet, da's effe een gekke directeur. Dit kan nog heel leuk worden. Jan-Willem pakt zijn blokfluit. Hij kijkt gewichtig naar zijn vingers en drukt de bovenste twee gaatjes dicht. Dan begint hij keihard te blazen. Hij kijkt er scheel bij. De toon gilt door het lokaal.

'Sapperloot,' zegt de snor. 'Dat klinkt goed. Kun je direct thee van zetten.' Hij wijst naar achteren. 'Hoe heet jij?'

'Annemarie,' zegt Annemarie en ze krijgt een kleur.

'Kijk je wel eens naar het voetballen?'

'Ja,' zegt Annemarie, 'samen met m'n opa.'

'Dat komt omdat ze geen vader meer heeft,' licht Tomi ongevraagd toe.

'Oké,' zegt de snor. 'Van jou wil ik een scheidsrechters-fluitje horen als hij de wedstrijd afblaast. Doe dat maar op de B.' Annemarie doet met haar wijsvinger het eerste gaatje van haar blokfluit dicht en kijkt of haar duim wel goed op het gaatje aan de achterkant staat. Ze fluit drie korte felle B's.

'Ook goed,' zegt de snor tevreden. 'Nou ga ik het moeilijk maken, want je zit hier natuurlijk niet voor je lol. Wie van jullie kan de sirene van een ziekenauto nadoen.' Hij wijst op Erik. 'Begin maar op een G. Die andere noten verzin je er zelf maar bij. Je moet je diploma wel verdienen natuurlijk.' Erik probeert het eerst een paar keer. Maar dan blaast hij heel hard: gdDd - gdDd – gdDd – gdDd - gdDd …'

'Allemachtig!' roept de snor boven de sirene uit. 'Dat lijkt wel héél ernstig! Stoppen maar. Stoppen!!'
Erik speelt maar door. 'Stoppen!!' roept de snor nogmaals. Erik eindigt met een keiharde A. 'Wat is dat nou voor een rare toon?' vraagt de snor. 'Ik remde,' zegt Erik. De klas lacht. Behalve de muziekjuf. Die vindt het grapje niet leuk. 'Een beetje rustig, Erik,' zegt ze kattig. Ze vindt dat de directeur er maar een rommeltje van maakt in haar klas. Maar ze durft dat natuurlijk niet te zeggen.
De snor buigt zich naar Tomi. 'Nou ga ik het nog moeilij-ker maken. Ik heb hier een mandje.' Hij wijst naar een mandje op Tomi's tafel.
'Ik zie helemaal geen mandje,' zegt Jan Willem wat dommig.
'Zó-gé-naamd!' brult Tomi opgewonden. 'Niet echt natuurlijk!'

'Nou wil ik,' zegt de snor onverstoorbaar, 'dat jij de slang, die in dat mandje zit, er uit fluit. Ik noem geen noten. Dat zoek je zelf maar uit.'

Tomi pakt haar blokfluit en trekt een ernstig gezicht. Dan begint ze een heel vals liedje te spelen. Daar houden slangen niet van. Tomi gebruikt al haar vingers op de blokfluit. Dan gebeurt er iets heel geks, gewoon omdat het zo vals is. Plotseling krult de stropdas van de snor omhoog. De kinderen lachen. De snor kijkt scheel en snapt er niks van. Tomi speelt maar door en door... De snor wil zijn

stropdas pakken, maar dat lukt helemaal niet. Hoger en hoger gaat de stropdas. Helemaal tot boven zijn hoofd.

De snor maakt nu hele rare geluiden. 'Grggrgh, stop, grgrgh stoppen. Het is een wurgslang!' roept hij en stikt bijna. Tomi stopt. Direct zakt de stropdas van de snor weer op zijn plaats.

'Allemachtig nog toe, dat was schrikken,' zegt hij opgelucht. Hij wrijft over zijn keel.

'Dat was behoorlijk muzikaal,' zegt hij en steekt zijn duim omhoog. 'Nou, als er één een diploma verdient, dan ben jij het wel.' Hij stapt op Tomi af en geeft haar het blokfluitdiploma. 'Van harte!' zegt hij en wil Tomi een hand geven. Maar Tomi bukt zich. Ze doet voor de zekerheid het deksel maar op het mandje. Aan een dooie directeur heb je tenslotte ook niks.

Orkest

Nadat alle diploma's zijn uitgereikt, zegt de directeur: 'Nu gaan we allemaal naar beneden, naar de grote zaal. Daar zit het jeugdsymfonieorkest, dat zal voor jullie gaan spelen. De dirigent zal al die instrumenten aan jullie laten horen.'

Tomi wordt er helemaal warm van. Nu gaat het eindelijk gebeuren. Straks zal ze kiezen wat voor instrument ze later wil gaan bespelen.

De kinderen lopen luidruchtig achter de directeur aan de trap af.

'Stilte,' roept de snor. 'Je hoort toch dat het orkest speelt. In een concertzaal moet je doodstil zijn. Niesen en hoesten verboden!'

Nu moeten de kinderen juist kuchen. 'Net echte mensen,' zegt de directeur teleurgesteld. 'Als je niet wilt dat ze hoesten, doen ze het juist.'

Het orkest speelt rustig door. Iedereen zoekt een plaatsje in de zaal. Tomi gaat op de eerste rij zitten. Ze wil er niets van missen. Als het orkest ophoudt met spelen klappen de kinderen. Je kunt zien dat het orkest het leuk vindt.

De dirigent draait zich om. 'Allemaal héél hartelijk welkom. Dank jullie wel voor het applaus,' zegt hij en maakt een diepe buiging naar het publiek.

Tsjonge, denkt Tomi, dat ziet er allemaal wel heel erg echt uit. Ze weet eigenlijk niet hoe ze zich de dirigent had voorgesteld, maar hij lijkt een gewone meneer.

'Maarrr,' zegt de dirigent en kijkt naar alle kinderen met het blokfluitdiploma. Hij wacht even tot het helemaal stil is. 'Maar,' zegt hij nog eens, 'applaus krijg je niet zomaar.'

'Nee, natuurlijk niet. Want als je vals speelt loopt het publiek weg!' roept Tomi voor haar beurt.

'Precies,' zegt de dirigent, 'jij weet het. Als je vals speelt loopt het publiek weg. Dus moet je zo mooi mogelijk spelen. Dat kan alleen als je hard studeert. Wil je een instrument leren bespelen dan moet je elke week naar muziekles. Maar dat niet alleen, je moet die les ook thuis studeren...'

Even is het helemaal stil. Thuis studeren betekent: niet op straat spelen, of computeren, of tv kijken. Dan zegt Pieter, en hij gaat er zelfs bij staan: 'Ik wou drummer worden, maar ik heb echt geen zin in studeren. Ik skate liever.'

De dirigent trekt een zuur gezicht. De kinderen in het orkest lachen. Muziek maken zonder te studeren, ha, ha, dat kan helemaal niet.

'Stomme eikel,' sist Tomi naar Pieter. Maar Pieter luistert al helemaal niet meer. Hij heeft zijn diploma opgerold en kijkt er door naar Tomi. Die steekt haar tong uit. De dirigent doet nu net of hij Pieter niet meer ziet.

'Het orkest wat jullie hier zien, is een symfonieorkest,' legt hij uit. 'De meeste muzikanten bespelen een strijkinstrument. Dat noemen we de strijkers.'

'Jij speelt strijkplank en ik strijkijzer,' roept Pieter baldadig. Hij vindt zichzelf vreselijk leuk. Sommige kinderen moeten er ook om lachen. Pieter zelf heeft eigenlijk nog de meeste pret.

'Ga een beetje zitten lachen om je eigen stommigheid,' roept Tomi woedend. Ze wilde dat Pieter er niet bij was. Telkens weer die stomme lolletjes. Maar de dirigent glimlacht. Die wordt ook helemaal niet boos, denkt Tomi.

Maar dat heeft ze mis. Want nu loopt hij naar Pieter en zegt: 'Jij wilde toch slagwerker worden, is het niet? Ga dan maar eens daar bij die trom staan. Als ik naar je wijs, maak je een roffel met twee stokken op die kleine trom.'

Pieter is nu ineens niet stoer meer.

'Wat is een roffel?' piept hij benauwd.

'Die had jij iets meer voor je broek moeten krijgen,' fluistert de dirigent zo hard dat iedereen het kan horen. 'Slagwerker,' roept hij, 'laat eens een roffel horen.'

De slagwerker slaat met zijn twee trommelstokken om en om heel snel op zijn trom. Het geeft een spannend geluid. Als de roffel geklonken heeft, doet de trompet 'tata!' Iedereen lacht. Ook de dirigent.

'Dat houden we er in,' roept hij enthousiast. 'Ik ga nu het orkest aan jullie voorstellen. Pieter, let op mij. Roffelen!' roept hij. En jawel hoor, Pieter roffelt op de trom. Het klinkt nog niet zo mooi, maar het is een roffel. Hard studeren maar, denkt Tomi. 'Ta-ta,' doet de trompet.

'Willen dan nu alle strijkers opstaan.' Hij loopt naar een meisje op de eerste stoel. 'Dit hier zijn de eerste violen. Concertmeester, laat eens wat horen!' roept de dirigent. Het meisje speelt een prachtige melodie. Tomi krijgt er bijna tranen van in haar ogen. Zo mooi klinkt het.

'Dan hebben we nog de tweede violen en de alt-violen, die wat lager klinken. Nog lager klinkt de cello.'

Dan loopt hij naar een lange jongen die wel op een heel groot strijkinstrument speelt. 'Dat is een contrabas,' meldt de dirigent, 'en die klinkt zo…'

De lange jongen strijkt met zijn strijkstok over de snaren. Het geeft het geluid van een enorme brombeer. De strijkers gaan weer zitten.

De dirigent wijst op Pieter: 'Roffel.' Pieter krijgt al wat meer lef en staat breed grijnzend achter de kleine trom. De roffel gaat steeds beter. 'Ta-ta,' doet de trompet. 'En mag ik dan nu voorstellen : de houtblazers. Ga maar staan: fluiten, hobo's, klarinetten, en fagotten.'

Tomi geniet. Het lijkt wel circus. 'Zo klinken de houtblazers,' roept de dirigent. Ook de houtblazers spelen nu een prachtige liedje. Dan loopt de dirigent naar een paar glimmende instrumenten. 'Dit is mijn trots,' zegt hij en kijkt er ook zo bij. Hij vergeet zelfs de roffel, zo trots. 'Dit is mijn lievelingsinstrument: de trompet.'

'Ta-ta' toetert de trompet extra vrolijk.

'En voor dit instrument moet je lange armen hebben, dat is een schuiftrombone. Laat maar zien en horen. Verder hebben we hier ook de waldhoorns nog zitten.' De hoorns spelen een mooi liedje. Bijna zo mooi als de viool, denkt Tomi.

'Opletten Pieter, roffel!' Hij begint het warempel te leren. 'Ik stel jullie voor: het slagwerk. Laat maar horen! Pauken, trommel en xylofoon.' De dirigent grijpt naar zijn oren. 'Zo, dat was een ongeorganiseerde knetterherrie', zegt hij. 'Nu één voor één graag.' Tomi is voor haar stoel gaan staan. Ze zou zo wel mee willen doen. Het lijkt wel of de dirigent haar gedachten raadt.

'Jullie hebben nu de instrumenten van het orkest gehoord. Je pakt nu heel zachtjes je stoel op en gaat zitten bij het instrument dat je graag wilt gaan bespelen. Tomi gaat naast de concertmeester zitten. De dirigent gaat voor het orkest staan. Het wordt heel stil. Dan gaat het orkest spelen. Het lijkt of Tomi's hoofd helemaal in de wolken zit. Ze doet haar ogen dicht. Het klinkt zo mooi, zo mooi, dat je nooit meer wakker wilt worden. Als de muziek ophoudt, heeft Tomi haar ogen nog steeds stijf dicht. De dirigent tikt met zijn stokje op haar schouder. 'Zeg dame, we spelen hier natuurlijk niet voor de kat z'n viool. Wakker worden!' Als ze haar ogen open doet, is het wolkengevoel nog niet uit haar hoofd. Het is net of ze droomt. 'Het was zo mooi,' zucht Tomi. Ze heeft vuur-rode wangen. De dirigent kijkt haar diep in de ogen en Tomi kijkt terug. Vastberaden, zonder met haar ogen te knipperen. Je ziet zo wel aan zijn gezicht dat hij haar nu begrijpt. Hij steekt zijn duim omhoog. 'Hard studeren maar!' fluistert hij in haar oor.

Agent

Tomi rent de trap op. Haar jas mist de kapstok. Tom, dat is Tomi's vader, zit op de bank. Ze ploft naast hem neer en zegt hijgend: 'Ik heb mijn diploma!' Ze legt het op Tom zijn schoot. Hij kijkt naar de mooie letters en houdt het omhoog.

'Zo, dat ziet er geweldig uit. Daar kun je wat mee in de wereld.' Hij slaat zijn arm om Tomi's schouders. 'Kom hier, krijg je een dikke zoen voor.'
Tomi moet lachen. Ze vindt het leuk wat Tom zegt. Zelf heeft hij héél véél diploma's. Maar hij wil er niets mee in de wereld. Tom stofzuigt liever en zet een kopje thee als Tomi uit school komt.

Tom is huisman. Zo eentje met een schort voor. En dat komt omdat Tomi's moeder, Irma, geen huisvrouw is. Zo simpel is dat. Irma werkt op een kantoor. Ze heeft een computer in haar koffer, een elektronische agenda en veel hoofdpijn door de drukte. Stress, heet dat volgens Tom. En dat is nou precies wat hij niet wil hebben. Tom leest liever. In de kamer staan grote boekenkasten. In die kasten staan dikke boeken over schilders, over antiek en oude boerderijen. Soms zijn de boeken in het Engels en in het Frans. Maar dat kan Tom echt geen zier schelen, want hij heeft zijn diploma's.

Tomi drinkt voorzichtig haar thee. 'Maar ik heb nog wat,' zegt ze geheimzinnig. 'Het is een advies.'
'Mmm', bubbelt Tom in zijn thee, 'die krijg ik graag, adviezen.' Tomi lacht. 'Jij niet, suffie. Ik krijg een advies.' Tom pakt het advies van Tomi aan en begint te lezen. 'Geachte ouders. Zie je wel toch een advies voor ouders,' zegt Tom.

'Lees nou verder,' roept Tomi ongeduldig.

'Gezien het feit dat uw dochter de cursus blokfluit met goed gevolg heeft doorlopen, brengen wij een advies uit voor het instrumentaal onderwijs. Tijdens de oriëntatie-cursus ging de belangstelling van uw dochter uit naar de viool. Ik nodig u uit om deze keuze ten aanzien van de voortzetting in de vorm van instrumentaal onderwijs te bespreken.'

'Zo, zo, dat is een mond vol, ' zegt Tom. Hij bedoelt natuurlijk die deftige taal in de brief. 'Tsjonge, jonge,' mompelt hij nog eens. 'Viool, mijn dochter wil een viool.'

Tomi kijkt afwachtend naar Tom. Wat zou hij zeggen. Misschien vindt hij een viool wel tien keer niks. Maar Tom springt enthousiast overeind.

'Hé, toppie, hartstikke goeie keus. Het is trouwens wel een héél mooi instrument.'

Tomi's wangen gloeien. Ze vertelt van het orkest en het mooie spel van de concertmeester.

'Ik ga natuurlijk keihard studeren. Maar, eh… dat kan natuurlijk niet als ik geen viool heb.'

'Nou,' zegt Tom en kijkt in zijn portemonnee. Hij schudt hem leeg boven tafel. 'Dat zal toch wel lukken? Even vier weken zuinig zijn. Alleen water en brood. Joh,' zegt hij geruststellend, 'die viool hebben we zo bij elkaar gespaard.'

Tomi giechelt. Die gekke Tom. Zul je Irma horen als er geen prakkie op tafel staat, maar een droge boterham.

'Nou, ik vind het wel wat, hoor, zo'n beroemde dochter. Dan gaan we veel op reis, naar mooie verre landen,' fanta-seert hij.

'We?' vraagt Tomi. 'Ik ga viool spelen, hoor!'

'Ja, maar dan word ik je agent,' zegt Tom. 'Dan ga ik

concerten voor je organiseren. In lekkere warme landen natuurlijk, waar de zon altijd schijnt.'

Tom heeft een hekel aan de winter. Daar zal het wel door komen, denkt Tomi. Agent, nou het klinkt in ieder geval erg veilig.

'Wat doet een agent nog meer,' vraagt ze nieuwsgierig.

'Nou, eh…,' verzint Tom, 'als jij een concert geeft dan trekt hij gauw een zwembroek aan. Lekker zwemmen in een mooie, blauwe zee. Dan een lekker pilsje op een terras. Maar, hij is wel op tijd terug, hoor! Want hij is je chauffeur en rijdt in zo'n supersnelle wagen. Als je dan uitstapt houdt hij het portier voor je open. Oh, en niet te vergeten,' draaft hij door, 'hij draagt je viool naar de kleedkamer.'

Tomi krijgt de slappe lach. Ze ziet het voor zich. Tom met een schort voor of in zijn zwembroek in een supersnelle auto en die dan een viool draagt.

'Zeg agent,' fluistert Tomi, 'op de gang staat mijn schooltas. Ik moet nog wat huiswerk maken…'

De agent staat direct op en loopt naar de gang. Tsjonge, denkt Tomi, dat werkt. Zo'n agent bedoel ik.

Spruiten

Als Irma binnenkomt staat Tomi al achter de deur met haar blokfluitdiploma. 'Kijk eens.' Tomi houdt het recht voor Irma's ogen.

'Ogenblikje hoor,' roept Irma, 'even m'n spullen wegzetten.'

'Nee,' roept Tomi 'eerst kijken.' Irma zet haar koffer op de grond. Haar handtas op de tafel, zo tussen de borden.

'Oké, oké, ik kijk al.' Irma pakt het diploma.

'Geweldig,' roept ze. 'Tom, onze dochter wordt groot. Ik krijg er tranen van in mijn ogen.'

'Dat zal best,' roept Tom vanuit de keuken, 'want het is niks dat zij ouder wordt, maar jij wordt het ook. Zou ik ook tranen van in mijn ogen krijgen. En rimpels...' Maar dat laatste zegt hij heel zachtjes.

'Ach, pestkop,' roept Irma naar de keuken waar het inmiddels vreselijk naar spruitjes stinkt.

Irma is in een goede bui, denkt Tomi. Dat zie je zo. Dat is ook wel eens anders. Vaak heeft Irma hoofdpijn als ze uit haar werk komt. Dan moet ze nog vóór het eten met een aspirientje op de bank gaan liggen. Wie dan nog wat zegt, krijgt de wind van voren. Vaak heeft Irma daar dan weer spijt van. Soms moet ze er van huilen. 'Stress,' noemt Tom dat. Hij maakt zich er niet zo druk om, deelt gewoon zakdoeken en een zoen uit. Dat helpt echt, weet Tomi uit ervaring.

'Het komt niet door jou hoor, lieve schat,' zegt ze dan. 'Het komt door al die stomme, poenerige klanten.'

Met poenerig bedoelt Irma mannen met veel geld. 'Die kerels hebben net zo'n grote mond als dat ze rijk zijn,' zegt ze. Daar kan ze slecht tegen. Irma wil altijd een beetje de baas spelen.

Het is maar goed dat ze met Tom getrouwd is. Die heeft weinig geld en ook geen grote mond. Nou ja, af en toe.

Weinig geld... Hoe moet dat nu met die viool? Irma moet voorlopig maar gewoon naar die poenerige klanten blijven lachen. Maar dat zegt ze natuurlijk niet hardop. Het zou Irma's goede humeur maar bederven. Tomi pakt het advies van de muziekschool.

'Kijk een advies,' zegt ze en geeft de brief aan Irma.

Zonder naar Irma te kijken roert Tomi in haar bord met spruiten. Ze prikt er vier aan haar vork en gooit ze terug in de schaal.

Tom kijkt er naar. Hij vist ze er zonder wat te zeggen uit en legt ze weer op Tomi's bord.

'Geef me nog zo'n agent,' moppert Tomi. Ze wil nu niet moeilijk doen, dus zegt ze maar even niets meer.

'Hoe kom je er op. Op een viool bedoel ik,' zegt Irma.

'Die muzikaliteit heeft ze van mij,' zegt Tom trots.

Tomi lacht. Ze denkt aan Toms valse gefluit als de radio aanstaat. Als hij zijn koptelefoon op heeft is het nog veel erger.

'Hoe kom je aan zo'n instrument?' vraagt Irma, die nog steeds met het advies in haar handen zit.

Haar spruiten worden er koud van, smaken ze straks nog minder.

'Je kan ze ook door je aardappelen prakken hoor,' wijst Tomi op Irma's bord, 'dan proef je ze niet zo.'

Irma kijkt verbaasd naar Tomi. 'Waar heb je het in 's hemelsnaam over?'

'Kouwe spruiten,' zegt Tomi.

'Kind, ik ben met m'n aandacht bij een viool. Wat kunnen mij die spruiten schelen.'

'Nu niet, maar straks wel,' mompelt Tomi.

'Nou,' zegt Tom heel lollig, 'ik timmer morgen wel een viool. Beetje hout, paar spijkers en een stukkie ijzerdraad…'

Die doet zo lollig omdat hij zijn spruiten al op heeft, weet Tomi heel zeker. Ze kijkt naar Irma. Tom heeft nog steeds geen antwoord gegeven. Zij heeft gelijk. Waar haal je een viool vandaan? Van een violenwinkel heeft Tomi nog nooit gehoord. Daarom zegt ze tegen Tom: 'Zeg nou eens wat. Waar koop je een viool?'

'Dat zal ik je vertellen,' begint Tom. 'Die groeien aan de bo…'

'Ja, hou nu maar op!' valt Irma hem pinnig in de rede.

Die is melig, denkt Tomi. Zeker te veel gestofzuigd vandaag. Tom vindt dat hij maar wat te stellen heeft met zijn meiden. Hij zakt wat onderuit op zijn stoel, doet zijn armen over elkaar en zegt plechtig: 'Nou dames, je zult het niet willen geloven, maar een viool koop je gewoon bij de vioolbouwer.'

Tomi moet er om lachen. Je bouwt een huis, of een winkel, maar geen viool. Ze denkt aan de grote bouwplaats in de stad. Waar de werkmannen naar de meisjes fluiten.

'Nou agent, nu maak je toch wel erg rare grapjes. Een huis wordt gebouwd, maar een viool…' zegt Tomi.

'Agent?' vraagt Irma.

Tom trekt een ernstig gezicht. 'Wat nou grapjes,' zegt hij geschokt. 'Ik grapjes? Ik zou niet durven. Het is echt waar, sommige instrumenten maak je, maar een viool bouw je. De vioolbouwer zoekt daarvoor het mooiste hout uit.

Maar het geheim zit hem in de lak. Dat is het belangrijkste. Iedere vioolbouwer heeft hiervoor z'n eigen geheime recept.'

'Een recept als in een kookboek?' vraagt Tomi.

'Ja,' zegt Tom, 'maar, een recept uit een kookboek dat kan iedereen. Je moet er zelf iets van maken, dat is het geheim van het succes.'

Tomi kijkt naar de schaal met overgebleven spruiten.

'Als dát recept joúw geheim is,' zegt Tomi een beetje vals, 'weet ik wel zeker dat het nooit wat met je wordt.'

Vakantieplannen

Tomi kijkt om zich heen. Iedereen in de klas heeft een rood hoofd. Dat komt niet alleen omdat het warm is, maar ook omdat de meester de rode zonneschermen naar beneden heeft gedaan. De meester hangt een beetje onderuit op zijn stoel. Hij heeft niet zoveel zin meer om les te geven. Dat kan je zo wel aan hem zien. Het is ook bijna zomervakantie.

'Ik verlang naar mijn zwembroek,' zegt de meester loom.

'Heeft u die dan?' vraagt Daan, die zich de meester eigenlijk helemaal niet in een zwembroek kan voorstellen.

'Jazeker heb ik die. Eentje met een stippeltje,' licht de meester toe. 'Zeg jongens,' de meester komt overeind, 'waar zullen we het eens over hebben?'

'Over uw zwembroek,' veronderstelt Tomi.

'Nou, laat die zwembroek maar zitten. Zullen we het over de vakantie hebben?' vraagt de meester. Iedereen begint door elkaar te schreeuwen. De meester houdt zijn handen tegen zijn oren.

'Krakepitten! Kan het wat minder. Hier wordt ik effe steengek van! Niet allemaal door elkaar, zeg!'

Massoud steekt zijn vinger op.

'Ik ga met mijn ouders naar Marokko. Wij logeren bij mijn oma. Ik heb geld gespaard voor een ketting. Dat is een cadeautje voor mijn tante, omdat ze zo lief is,' zegt hij.

Tomi roept naar Massoud: 'Hoe oud is die tante?'

'Zeventien...' zegt hij zachtjes. Hij durft niet naar Tomi te kijken.

'Volgens mij ben jij een beetje op je tante. Daarom geef je haar een ketting,' probeert Tomi plagerig.

Massoud kijkt naar zijn handen en zegt niets meer. Als hij niet zo bruin was, was hij nu rood, veronderstelt Tomi. Ze vindt Massoud best leuk als hij zo verlegen is.

'Joh, dat kan helemaal niet,' zegt Daan. 'Dat is verboden om met je tante te trouwen. Als je dan later kinderen wil, gaan ze dood.'

'Ja, aan de familieritus,' zegt de meester. 'Zo kan die wel weer. Wat ga jij eigenlijk doen in de vakantie, Daan?'

Daan begint helemaal te glimmen. Hij kijkt alsof hij op de foto gaat, denkt Tomi.

'Ik ga een voetbaltoernooi spelen in het buitenland.'

'Zo, zo, dat is nogal wat,' zegt de meester. 'Waar ga je dan naar toe?'

Daan kijkt de klas rond: 'Naar België!' zegt hij vol trots. 'En we slapen met het elftal 's nachts in een tent.'

'Nou, dat is een sportieve vakantie,' zegt de meester vol bewondering. Hij houdt wel van voetbal.

'Dat zou u zeker zelf ook wel willen?' roept Tomi.

'Ik zal je een geheim verklappen. Ik ga ook voetballen in de vakantie. Ik doe aan strandvoetbal. Maar dat doe ik in een vreemd land, op een vreemd strand.'

'In uw zwembroek,' veronderstelt Tomi. 'Juist,' zegt de meester, 'die met dat stippeltje. Ik ga zo ver weg dat ik niemand van jullie tegenkom. Brrr, al diezelfde gezichten. Nee, in mijn vakantie kijk ik graag naar wat anders.'

'Naar de meiden zeker,' giechelt Tomi ondeugend. Ze ziet het voor zich. De meester die in zijn zwembroek naar de meiden kijkt. De meester wil nog wat terugzeggen, maar hij doet het toch niet. 'Ander onderwerp,' roept hij maar gauw. 'Houcine, waar ga jij naar toe?'

'Nergens naar toe, meester,' zegt hij met spijt in zijn stem. 'M'n vader heeft geen werk. Daarom hebben wij geen geld om op vakantie te gaan. Nu moet mijn moeder telkens huilen, want zij heeft heimwee.'

'Nou,' zegt de meester meelevend, 'dat kan ik me best voorstellen.'

'Kan ze niet meerijden met Massoud,' roept Tomi praktisch. Ze vindt het zelf een slim idee. Maar Massoud wijst op z'n voorhoofd. 'Jij hebt een gatje in je kop. Weet je wel hoe groot Marokko is?'

'Het is een gaatje in je hoofd,' verbetert Tomi hem. Massoud is echt heel verontwaardigd.

'Houcine is van een andere stam. Die is Arabier en ik ben Berbers,' zegt Massoud.

'Ha, ha,' lacht Tomi, 'jullie lijken wel Indianen.'

De meester rolt een kaart uit voor het bord. 'Kijk,' zegt hij, 'dit is Marokko en dit kleine stipje is Nederland. Massouds familie woont hier ergens en de familie van Houcine daar.'

'Nou, ze moeten het zelf maar weten,' zegt Tomi die nu ook wel inziet dat zoiets niet gaat. Zeker niet als je van een andere stam bent. 'M'n vader zegt: Feijenoord en Ajax stop je ook niet in één bus. Dit is vast net zoiets.'

'Wijze vader,' zegt de meester, 'zo zouden er meer over moeten denken.'

'En Tomi?' vraagt de meester, 'heb jij al vakantieplannen?'

'Ik ga in de vakantie samen met m'n vader naar Sophie. Dat is de tante van mijn vader. Zij is violiste en met haar gaan we naar de vioolbouwer om …' Ze wacht even om het spannend te maken, 'om een viool uit te zoeken.'

'Heeft ze dan geen viool?' vraagt de meester verbaasd. Tomi zucht. De meester snapt ook helemaal niks.

'Ik,' wijst Tomi op zichzelf. 'ik mag een viool uitzoeken. We nemen Sophie mee, want die weet precies waar ze op moet letten. Hij moet van mooi hout zijn,' somt Tomi op, 'en een mooie klank hebben. En hij moet gelakt zijn met een geheim recept.'

'Poe, poe,' puft de meester, 'dat klinkt interessant. En dan ga jij vioolspelen?' De meester kijkt vol bewondering naar Tomi.

'Meester, meester!' Daans vinger prikt in de lucht. 'Als ze die viool heeft gaat ze onder aan de trap voor mij spelen. Ik gooi dan kushandjes naar beneden en mijn zakdoek,' fantaseert Daan die wel eens iets in een film heeft gezien.

'Ah, joh, viezerik, je houdt die vieze snotlap maar lekker zelf!' Tomi heeft een vuurrood hoofd. Daan is een beetje op Tomi, dat weet ze. Hij mag best zo tegen haar doen, maar echt niet waar iedereen bij is.

Gelukkig gaat de bel. Eindelijk vakantie!

Verhuizen

Tomi loopt alleen naar huis. Ja, ze zal d'r een beetje gek zijn om naast die dwaze Daan naar huis te lopen. Dat hij af en toe iets aardigs tegen haar zegt, oké. Maar zo'n verhaal met kushandjes is gewoon een verschrikkelijk stom verhaal. En wat die zakdoek er mee te maken heeft, snapt ze al helemaal niet. Eigenlijk vindt ze een rooie kop krijgen nog het aller-aller-ergste.

Ze kijkt even achterom. Daan loopt ook alleen, precies een halve straat achter haar. Ze gaat wat sneller lopen, want hij hoeft straks niet naast haar te gaan lopen. Als ze de trap op rent, hoort ze Tom met iemand praten. Nieuwsgierig stapt ze naar binnen. Het is Daans vader. Hé, grappig, denkt Tomi, daar staat mijn schoonvader. Ze heeft ineens een enorme pret.

'Waar heb jij ineens zo'n lol om?' vraagt Daans vader. Tomi heeft helemaal de slappe lach van haar eigen gekke gedachten.

'Ik dacht aan zo iets geks. Dat wilt u echt niet weten,' giechelt Tomi. Beide mannen kijken elkaar aan.

'Nou buurman,' zegt Tom, 'daar kun je het vandaag mee doen.'

Daans vader loopt naar de deur en zegt over zijn schouder: 'Denk er maar eens over na, en heb het er met je vrouw over. Ik hoor wel van je.'

Tomi kijkt nieuwsgierig naar Tom. Dan schiet in haar hoofd haar fantasielaatje open. Opnieuw moet ze vreselijk lachen, rolt er bijna van omver. Ze doet de stem van Daans vader na: 'Heb het er maar met je vrouw over. Ik hoor nog van je.' Hij heeft me vast aan Daan uitgehuwelijkt. Ha, ha, wat zou Tom voor bruidsschat krijgen? Ze kan nu bijna niet meer praten van het lachen.

'Hi, hi, hi,' hikt ze, 'wat deed Daans vader voor een voorstel. Nou, zeg het dan, ha, ha…'

'Ik snap niet wat er zo leuk aan is. Maar als je het persé wilt weten: de benedenverdieping…'

Tomi's slappe lach is acuut over. 'De wat?' roept ze.

'Ja, de benedenverdieping,' zegt Tom nog eens. Weer krijgt Tomi een lachstuip.

'Neem ik Tomi, krijg jij de benedenverdieping,' proest ze. 'Wat een mop.'

'Het klinkt je misschien raar in de oren,' zegt Tom, 'maar ik versta er geen bal van.'

'Gelukkig maar,' hikt Tomi nog na. Haar nieuwsgierigheid krijgt nu toch de overhand.

'Wat is er met de benedenverdieping?' Daans vader is de huisbaas van deze huizen, weet Tomi. Tom maakt de huur van de zolder altijd naar hem over.

'De benedenverdieping komt leeg. De Hazelaars gaan naar een bejaardenhuis.'

'En hun winkeltje dan?' vraagt Tomi, die wel graag bij de Hazelaars in de rommelwinkel kwam.

'De winkel is verhuurd aan een antiquair. Die mensen willen niet boven de winkel wonen. Nu heeft Daans vader ons de etage aangeboden.'

'En dat willen we graag?' vraagt Tomi, die eigenlijk niet weet of ze dit leuk moet vinden.

'Ik moet het er natuurlijk met Irma over hebben, maar ik denk het wel. Het huis is tenslotte veel groter en er is een extra zijkamer. Daar zou jij bijvoorbeeld kunnen slapen. Het zal veel ruimer zijn dan het kamertje dat je nu hebt.'

Tomi is er plotseling stil van geworden. Daar moet ze

in haar eentje nu eens heel goed over nadenken. Naar de benedenverdieping is natuurlijk altijd beter dan verhuizen naar een heel andere straat. Irma wilde zelfs op een keer helemaal weg uit de stad. Ze wilde aan zee gaan wonen. Hoe kun je het bedenken! Gelukkig is dat rampenplan niet doorgegaan. Nu wonen we boven Daan, dan zouden we onder hem gaan wonen. Langzaamaan begint Tomi er wel wat voor te voelen.

'Kunnen we eindelijk eens gewoon de straat inkijken,' zegt Tom, die terwijl zijn thee koud blaast. Tomi kijkt naar de dakramen van de zolder. Ze heeft er eigenlijk nooit erg in gehad. Ze weet tenslotte niet beter. Hier heeft ze altijd gewoond. Ja, ze is er zelfs geboren.

Maar het is waar, door de dakramen kun je niet op straat kijken. Raar eigenlijk. Toch is de zolder wel gezellig, vooral als het regent. De regen klettert dan zo gezellig op het dak. Moeten we hier eigenlijk wel weg? Ze begint te twijfelen.

'Als het doorgaat,' vraagt Tomi, 'wie gaat er dan op zolder wonen?'

'Niemand,' zegt Tom. 'De zolder wordt na een verbouwing het kantoor van Daans vader.

'Denk je dat Irma het leuk vindt?' vraagt Tomi voorzichtig. Je weet het tenslotte met haar maar nooit. Misschien wil ze dan plotseling wel weer ergens anders naar toe.

'Ik denk het wel,' schat Tom in. 'Tenslotte is 1x bellen sjieker dan 3x bellen. Daar is Irma best gevoelig voor!'

'Nou, ik anders niet hoor. 't Is hier toch eigenlijk ook best leuk,' twijfelt Tomi nu hevig. 'Misschien nog wel leuker. Niet iedereen woont tenslotte onder de balken van het dak. Je zei zelf dat wonen op een zolder zo romantisch is.'

Nu ze er over nadenkt hoeven al die veranderingen van haar niet.

Als Tom het hele verhaal aan Irma vertelt is de reactie van Irma, volgens Tomi, ronduit stom. Opeens deugt er niets meer van de zolder. Te klein, te hokkerig, geen luxe. Ze praat alleen nog maar over nieuwe gordijnen, nieuwe meubelen, een groter bed.

'Daans vader vindt de zolder anders helemaal niet hokkerig. Hij maakt zijn kantoor op zolder. En jij,' snauwt ze naar Tom, 'moet veel meer stofzuigen als je daar woont.' Ze is het gezeur over de zolder meer dan zat.

'Je bent geloof ik een beetje moe,' zegt Irma poeslief. 'Ga maar eens vroeg naar bed.' Tomi wordt nu helemaal boos. Die wil me gewoon weg hebben. Kan ze over die stomme etage praten en over nieuwe gordijnen. Ze kijkt naar Tom. Die geeft haar een knipoog.

'Kom eens hier.' Hij geeft haar een dikke knuffel. 'Met die nieuwe kamer van jou gaat het ook helemaal goed komen. Denk er maar eens over na wat voor meubeltjes je wilt hebben. Een mooi bureautje, mooie platen aan de muur.' Tomi voelt haar tranen komen.

'Volgens mij, hè, volgens mij hebben jullie ineens de geldpest,' roept Tomi. Ze trekt de deur keihard achter zich dicht. Nu komen toch die stomme tranen nog.

Vergeven

De volgende ochtend kauwt Tomi op haar gemak haar boterhammen weg. Ze is nu wel een beetje gewend aan die verhuisplannen. In bed, in het stikdonker, kun je daar heel goed over nadenken. Dat heeft ze dan ook gedaan. Ze heeft vandaag helemaal geen haast, het is tenslotte vakantie. Irma kon weer eens niet uit haar bed komen. Ze heeft een geweldig ochtendhumeur. Alles gebeurt bij haar op het laatste nippertje. Tom smeert alvast haar brood. 'Kaas of jam?' vraagt hij.

'Gewoon, zoals altijd,' snauwt Irma. 'En doe melk in m'n thee, anders kan ik die hete troep niet drinken. Hè, bah, wat doe je nou? Ik zei toch geen kaas, dat krijg ik 's morgens toch al zo slecht weg. Je vraagt het me nota bene.'

Tom zegt helemaal niets terug. Dat is in dit geval veruit het beste, denkt Tomi. Ze heeft haar boterham op en kijkt hoe Irma zich voor de spiegel opmaakt.

'Als je dat niet doet,' ze kijkt op haar horloge, 'scheelt dat precies vijf minuten. En als je eet gaat die lippenstift er toch weer af.'

'En helemaal als ze straks bij het weggaan gaat zoenen,' plaagt Tom. Irma reageert niet. Ze doet haar koffer open en propt de boterhammen er in. Op de gang roept ze: 'Doeg, tot vanavond.'

'We faxen,' roept Tom tegen een dichte deur. Niks geen zoenen.

'Zo,' zegt Tom ontspannen, 'vakantie. Wat gaan we doen?'

'Heb jij dan ook vakantie?' vraagt Tomi verbaasd.

'Kijk, dat is nou het mooie van huisman.' Hij rekt zich

uit. 'Maar kom, zeg eens wat. Wat gaan we doen?'

'Mag ik het zeggen?' vraagt Tomi.

'Ja, dit keer wel,' zegt Tom goed gehumeurd.

'Dan gaan we eerst naar Daan z'n training kijken. Want hij gaat morgen naar België, naar een voetbaltoernooi. Daarna…' Tomi kijkt onderzoekend naar Tom, 'daarna zouden we ijs kunnen gaan eten bij de Italiaan.'

'Helemaal tof. Jij hebt anders poep-goeie ideeën,' zegt hij vol bewondering in zijn stem.

'Tja,' zegt Tomi, 'ik mag niet mopperen.'

Tom ruimt de ontbijtboel op en pakt zijn rugzak, een trui en zijn zonnebril.

'Wordt er niet gestofzuigd vandaag?' plaagt Tomi.

'Heb je er last van?' vraagt Tom op zijn beurt.

'Ik niet,' zegt Tomi.

'Nou ik ook niet!'

Tomi laat zich een verdieping zakken en klopt bij Daan op de deur.

'Daan, ben je al klaar? We gaan met je mee naar de training.' Ze luistert aan de deur. Maar wie ze hoort, geen Daan. Net als ze weer op de deur wil bonzen, doet Daans moeder open.

'Daan is net weg. Als je stevig doorloopt haal je hem nog in.'

Die is natuurlijk bang dat ik nog boos ben, denkt Tomi. Maar je moet kunnen vergeven. Dat zegt Joris, een jongen uit haar straat, ook altijd. Hij is christelijk en als hij zijn hand in de collectezak steekt, haalt hij er altijd stiekem geld uit. Terwijl zijn moeder denkt dat hij er geld instopt. Daar koopt hij drop en chocolade van. Dat is stelen, vindt Tomi. Maar Joris zegt: 'Ze moeten je kunnen vergeven, want dat is christelijk.'

Bij het voetbalveld gekomen is er nog niemand te zien. 'Er is toch wel een training?' vraagt Tom. Tomi springt omhoog om door het bovenruitje te kunnen kijken. De trainer schrijft met grote dikke pijlen iets op een schoolbord.

'Ze zijn in de kleedkamer,' zegt ze. 'De trainer leert ze hoe ze doelpunten moeten maken,' legt Tomi uit.

'Nuttig,' zegt Tom. Hij zoekt een plaatsje langs de lijn. Er komen nu meer mensen kijken. Dan komt het elftal naar buiten. De trainer heeft de bal onder zijn arm. Sommige spelers hebben een oranje hesje aan.

'Ze spelen tegen elkaar,' constateert Tomi. 'Kijk, dat is de reservekeeper,' wijst ze. Daan kijkt even voorzichtig naar Tomi. Ze steekt haar duim op. 'Winnen, hè!!' roept ze fanatiek. Daan zucht van verlichting. Maar dat hoort Tomi niet.

Daan gaat helemaal op in zijn spel. Nu hij weet dat Tomi kijkt slooft hij zich extra uit. Als een stier rent hij over het veld. Hij pakt de bal en gaat recht op het doel af. 'Goed zo Daan!!' gilt Tomi. 'Schiet hem er in. Hup Daan! Toe dan!'

Daan, opgezweept door Tomi's geschreeuw, wil net schieten, als hij onderuit wordt gehaald.

'Hé, lu…,' roept Tomi, 'lummel !!'

'Allemachtig,' roept Tom, 'dat kost je je stem. Weet je dat.' Tomi hoort het niet. Ze loopt langs de lijn om nog dichter bij Daan te staan. Het is een strafschop. Daan mag hem nemen. Oh, als dat maar goed gaat, denkt Tomi.

'Goal!!' Tomi juicht.

Daan trekt van vreugde zijn shirt uit en rent het veld over. Hij rent naar de zijlijn. Daar omhelst hij de enthousiast springende Tomi.

'Sorry van gisteren,' fluistert hij vlug in haar nek.
'Je moet kunnen vergeven,' fluistert Tomi terug.
Stik, krijgt ze toch weer een rood hoofd. Maar dat komt door dat doelpunt. Echt wel!

Ansichtkaart

Tomi zit op de trap. Ze heeft zojuist een ansichtkaart gekregen van Daan uit België. Tomi is blij met de kaart. Om heel eerlijk te zijn, mist ze Daan wel een beetje. Ze bekijkt de achterkant. Dat is nu echt weer iets voor Daan. Hij heeft de postzegel er op zijn kop opgeplakt. Tomi kijkt nog eens beter. Het lijkt wel of Daan iets onder de postzegel heeft geschreven. Er piepen twee letters onder de postzegel uit: 'je'.

Tomi wordt hartstikke nieuwsgierig. Maar hoe krijgt ze die postzegel er nu netjes af? Daar moet ze iets op zien te vinden. Ze stopt de kaart in haar zak. Tom is beneden in het huis van de Hazelaars aan het werk. Al het oude behang moet er af. Hij doopt de handveger in een emmer water en maakt het oude behang kletsnat. Vervolgens schrapt hij met een plamuurmes het behang er in grote stukken af. Tomi gaat met haar rug tegen de muur zitten. Ze haalt de ansichtkaart weer tevoorschijn.

'Post gekregen?' vraagt Tom nieuwsgierig.

'Ja,' antwoordt Tomi bijna gedachteloos. Veel doelpunten. Groetjes van Daan, leest ze op de achterkant.

'Zeg Tomi, blijf jij even hier? Dan ga ik naar de schilder om verf te halen.'

'Oké.'

Tomi kijkt naar de emmer die vol zit met kleine stukjes behang. Ze zwemmen als witte visjes in het water. Ze twijfelt even, maar dan stopt ze de kaart onder water. Heel voorzichtig probeert ze de postzegel er af te schuiven. Net als het behang op de muur. En, ja hoor… Maar oei, door al het water begint de inkt uit te lopen. Met haar zakdoek

dept Tomi de kaart droog. Dan krijgt ze plotseling een kop als een boei. Echt waar, gaat helemaal vanzelf. Zomaar ineens ziet ze wat er onder de postzegel staat: 'kusje.'

Tranen prikken achter haar ogen. Ze vindt zichzelf zo stom dat ze Daan mist. De pestkop! Nog drie dagen, dan komt hij thuis. Was het maar zover... nee, het kan me niks schelen. Of toch?

Ze hoort Tom de trap op komen. Vlug stopt ze de kaart weer in haar zak. Ze gaat voor het raam staan. Tom hijgt en puft wanneer hij al die zware verfblikken naar boven draagt. Hij moet zelfs twee keer lopen. Tomi gaat de lege zijkamer in. Dit wordt dan haar kamer. Ze kan zich er nog niets bij voorstellen. De muren zitten nog vol met oud bloemetjesbehang.

'Luxe hè Tomi,' zegt Tom, 'zo'n prachtige kamer. We boffen toch eigenlijk maar.'

'Mag ik zelf kiezen wat voor meubelen ik op mijn kamer wil?'

'Natuurlijk,' belooft Tom. 'Binnenkort zullen wel eens wat meubelzaken bezoeken. Maar eerst moeten die muren kaal.' Hij kijkt er tamelijk moedeloos bij. Er is nog veel werk te doen voordat ze kunnen verhuizen. Volgende week heeft Irma ook vakantie, dan zal het wel sneller gaan.

'Moet ik je helpen met behang trekken?' vraagt Tomi.

'Ga jij maar lekker buiten spelen,' zegt Tom. 'Het is hartstikke mooi weer.'

Dat laat Tomi zich geen twee keer zeggen. Buitengekomen staat er voor de deur een vrachtwagen.

Ze loopt er naar toe. Er worden grote kasten uitgeladen en op een wagentje gezet. Die worden naar de winkel van Hazelaars gebracht.

De winkel ziet er plotseling heel anders uit. De etalage, die propvol lag, is kaal en leeg. De winkeldeur staat open. Een dikke man wijst waar de kasten moeten staan. Hij pakt de verhuisdozen en begint met uitpakken. Sommige spullen legt hij in de etalage.

Zo, nu lijkt het weer een beetje op de rommel van de Hazelaars, denkt Tomi tevreden. Ze slentert langzaam in de richting van de winkel. De dikke man staat op een trapleer. Hij hangt een lamp op.

'Zo juffie,' zegt hij, 'als jij m'n eerste klant ben, mot je effe geduld hebben. Alles mot eerst op z'n plek terechtkomme.'

'Ik ga boven jullie winkel wonen,' meldt Tomi.

'Hou die wiebeltrap is effe vast. Ik heb hoogtevrees!' roept de dikke.

Tomi houdt geduldig de trap vast.

'Hier, hou je hand eens op.' Hij stopt er een paar haken in. 'Als ik het zeg, geef je me zo'n haak aan.'

'Waar is dat voor?' vraagt Tomi nieuwsgierig.

'Ik heb een partijtje lampen op de kop getikt. Die moet ik ophangen. Er zitten juweeltjes bij.' Hij geeft kushandjes richting de lampen en verliest bijna zijn evenwicht.

'Vasthouwen zussie, temee val ik er nog vanaf.'

Als de lampen aan het plafond hangen, komt hij de trapleer af. Hij geeft Tomi een hand. 'Zo, aangenaam, ik ben Sjakie. En jij bent dus mijn bovenbuurvrouw?'

'Nee,' zegt Tomi, 'dat is mijn moeder. Ik word gewoon je buurmeissie.'

'Ook goed,' zegt Sjakie en hij zakt vermoeid weg in een diepe stoel.

'M'n vader is aan het verven en aan het behangen,' opent Tomi het gesprek.

'Ga effe zitten,' zegt Sjakie. 'Staan ken je je hele leven nog. Je heb me overigens goed geholpen. Bedankt hoor. Hoe heet je eigenlijk?' Nu geeft Tomi Sjakie een hand. 'Ik ben Tomi, m'n vader heet Tom en m'n moeder Irma. Vandaar.'

'Origineel,' zegt Sjakie. Hij kijkt tevreden om zich heen. ''t Zakie van Sjakie,' zegt hij.

'Dat rijmt,' lacht Tomi. Leuke man die Sjakie. 'Zo

moet je je winkel noemen,' vindt Tomi. Sjakie kijkt verwonderd naar Tomi.

'Jij bent een pientere,' zegt hij. 'Dat doen we. 't Zakie van Sjakie, klinkt goed. Daar krijg ik nou effe een hele goeie bui van, weet je dat?' Hij staat op en fluit een heel vals liedje.

Bijna

'Ken je nog effe blijve. Dan ken je helpe met het uitrolle van de tapijte.' Even later sjouwt Tomi met rollen tapijt en stoelen. Ze legt een hoop spullen in de etalage. Pff, ze heeft het er warm van. In de etalage is het nu een rommeltje. Zoiets als in Daan zijn kamer. Ze voelt even of de ansichtkaart nog in haar zak zit.

'Zal ik de etalage opruimen?' vraagt Tomi.

'Ga gerust je gang. Ik zie het wel, jij wordt later een zakenvrouwtje.' Tomi lacht.

'Nee hoor, violiste.'

'Toe maar,' zegt Sjakie. 'ken je ook een hoop poen mee verdiene.'

Tomi maakt de etalage eerst helemaal leeg.

'Is dat allemaal antiek?' vraagt ze.

'Bijna-antiek,' zegt Sjakie. 'Ik verkoop bijna-antiek. Als je echt antiek verkoopt word je miljonair. Dat wil ik niet, da's zoveel geld. Ik ben bijna-miljonair. Is ook leuk hoor!'

Tomi klimt in de lege etalage. Ze hangt een paar kleine houten schaatsen aan een spijker. Op een oud blik zet ze een pop. De pop heeft maar één oog. 't Is net of ze knipoogt, denkt Tomi. Ze zet er twee vazen naast. Aan de andere kant zet ze een reiskoffertje met daarop een hoge hoed. Vooraan legt ze een paar kettingen en een fotolijstje. Voorzichtig stapt ze uit de etalage. Tsjonge, wat heeft ze het heet. Ze zweet er van. Buiten kijkt ze tevreden naar de etalage. Sjakie komt ook naar buiten. Hij heeft zijn overhemd uitgetrokken en zijn bretels naar beneden gedaan. Ook hij heeft het warm. Vol ongeloof kijkt hij naar de etalage.

'Tof,' zegt hij. 'Daar moet je nou een vrouw voor weze. Weet je, daar krijg ik nou tranen van in m'n ogen, zo tof.' Tomi glimt. Zoveel complimentjes had ze nou ook weer niet verwacht. Het lijkt warempel wel of hij het meent.

'Jij krijgt loon naar werke. Kom maar mee.' Hij duwt Tomi de winkel in. 'Dat daar, weet je wat dat is?'

'Ik denk een antiek kastje,' veronderstelt Tomi.

'Nee meissie, dat is een secretaire,' zegt Sjakie. 'Bijna-antiek.' Hij doet de klep open en Tomi kijkt verrukt in het bureautje. Want volgens haar is een secretaire gewoon een bureautje.

'Alle secretaires hebben geheime laatjes. Kijk maar.' Sjakie haalt er één laatje uit. Daarachter zit een klepje, waarna er nog twee laatjes tevoorschijn komen. Tomi vindt het prachtig. Het bureautje is heel oud, dat kun je zowel zien. Er was vast ooit een oude man die er zijn geheimen in heeft bewaard.

'Vind je hem mooi?' vraagt hij.

'Nou, tof,' zegt Tomi nu op haar beurt.

'Dan is-ie voor jou. Je hebt hem eerlijk verdiend.'

Tomi kijkt verbaasd naar Sjakie. 'Voor mij?' vraagt ze ongelovig.

'Ja,' zegt hij, met die stoel d'r bij. Want je ken d'r natuurlijk niet bij blijve staan. Of past het allemaal niet in je kamertje?'

Tomi is helemaal door het dolle. Natuurlijk past het. 'Ik krijg straks een hele grote kamer.'

Sjakie tilt als een acrobaat de secretaire boven zijn hoofd en loopt er zo de trap mee op. Tom kijkt verschrikt op als Sjakie binnenkomt.

'Nou, zus, waar wil je hem hebben?' Tomi gaat hem voor naar de zijkamer en zegt trots: 'Dit hier, dit is mijn kamer.' Sjakie laat het bureautje zakken en zet het tegen de muur. Zonder wat te zeggen draait hij zich om en rent de trap weer af. 'Effe de stoel hale!'

'Wat is dit?' vraagt Tom. Zijn gezicht is één groot vraagteken.

'Verdiend,' zegt Tomi trots. Sjakie heeft nu ook de stoel naar boven gesjouwd.

'Aangenaam, je onderbuurman Sjakie,' zegt hij en geeft de nog altijd verbaasde Tom een hand. 'Die dochter van jouw is een bijzondere,' zegt hij. 'Daar ken je nog een hoop lol aan beleven. Nou meid, veel plezier ermee.' Hij slaat met zijn vlakke hand op het bureautje. Even later horen ze hem de trap aflopen.

Tom kijkt naar Tomi. 'Wat is dit allemaal?' vraagt hij. Hij doet de klep van het bureautje open. 'Kijk, er zit een sleutel bij. Je kunt de klep op slot doen.'

Tomi vertelt van Sjakies hoogtevrees, over de lampen, de tapijten, de kasten en natuurlijk de etalage. Tom kijkt naar Tomi. Hij kan het nog steeds niet geloven.

'Joh, dit is antiek, weet je dat…'

'Bijna,' zegt Tomi. Hi, hi, ze lijkt Sjakie wel.

Geheim

Als Irma thuiskomt en het bureautje ziet, weet ze even niet wat ze zeggen moet. 'Maar dat is mooi,' roept ze uit. 'Maar mag je zoiets eigenlijk wel aannemen?' vraagt ze zich direct af. Tom kijkt trots naar Tomi.

'Heb je beneden die etalage gezien? Dat is het werk van je dochter. Dat kind heeft onvermoede talenten. Ze heeft de hele middag keihard gewerkt, hoor.'

'Wat eerlijk van die man om haar daarvoor te belonen. Het is nogal wat. En van dat prachtige hout.' Ze strijkt er met haar hand overheen. 'Ik zou er bijna jaloers op worden.'

Buiten kijkt Irma naar de etalage. Sjakie is inmiddels naar huis.

'Joh, geweldig,' roept Irma vol bewondering. 'Dat heb je mooi gedaan.'

Ze drukt haar neus tegen de winkelruit. Mooie spullen heeft die man. Moet je die kast zien, Tom. Kijk die...' wijst ze.

'Ha, ha,' lacht Tom, 'misschien kan jij de volgende etalage maken. Wie weet! Ga je mee naar boven, want ik heb honger.'

Ze lopen de trap op naar de zolder. Tom heeft een salade gemaakt. Daar is hij goed in.

'Glaasje wijn?' vraagt hij aan Irma. Die gaan het gezellig maken, denkt Tomi. Wat je tenminste gezellig noemt. Het is alleen maar kletsen, kletsen en nog eens kletsen over het nieuwe huis. En ja hoor, nog voor de salade op is, vertelt Tom over het oude behang, dat er wel vier lagen op zitten en over de nieuwe verf. Sommige stukken van het plafond moeten gerepareerd worden. Of Irma de schuifdeuren er in wil houden. Irma luistert. Ze is een beetje loom van de warme zomeravond en de wijn. Als Tom dan over tafel heen Irma begint te zoenen, vindt Tomi het tijd worden om op te stappen.

Ze denkt aan de ansichtkaart van Daan. Het is haar geheim. Daar hoeft niemand iets van te weten. Ze moet hem ergens opbergen. Maar waar? Alles op de zolder is zo piep-klein. In haar kamertje kijkt ze om zich heen. Boven haar bed hangt een klein boekenrekje. Als ze hem nu eens tussen een boek stopt. Dat komt niemand te weten. Ook Tom niet als hij haar kamertje stofzuigt.

Dan krijgt ze plotseling een goed idee. Dat ze daar nu niet eerder aan heeft gedacht: de geheime laatjes. Tomi stopt de kaart weer in haar zak en loopt langs Tom en Irma. Maar die kijken helemaal niet naar haar. Die praten over kleuren en meubelen en badkamers en keukens en … Irma heeft er zelfs boeken over gehaald. Samen kijken ze de plaatjes. Af en toe kijken ze verliefd naar elkaar want 'Het is net of we opnieuw beginnen,' hoort ze Tom zeggen.

Tomi sluipt de trap af naar de etage van de Hazelaars. Eenmaal voor de deur denkt Tomi pas aan de sleutel. Dom, dom, dom, foetert ze op zichzelf. Ze klimt de trap weer op naar boven.

'Waar zijn je sleutels?' vraagt ze aan Tom.

'De sleutels, waar heb je die voor nodig?' Je ziet zo wel aan zijn gezicht dat hij er met zijn gedachten niet bij is. Dat komt mooi uit. Hij pakt de sleutels uit zijn rugzak. Terwijl hij ze aan Tomi geeft praat hij gewoon door.

'Ik doe beneden de deur vast op slot,' zegt Tomi. Dat had ze net zo goed niet hoeven zeggen, want ze luisteren toch niet. Gelukkig maar!

Weer loopt ze de trap af naar het nieuwe huis. Het stinkt er naar nat behang en verf. Ze loopt naar het bureautje. De sleutel zit op de klep. Als ze de klep open doet, ziet ze nog veel meer laatjes dan ze gedacht had. Waar zat dat geheime laatje ook alweer. Ze trekt aan de laatjes en voelt. Nee, deze is het niet. Die ook niet… Maar dan trekt ze er één weg en voelt dat er twee laatjes achter zitten. Ze opent het laatje en legt de ansichtkaart er in. Ze duwt de andere laatjes er weer voor. Is dat effe geheim,

Tomi geniet ervan. Ze sluit de klep en draait de sleutel om en steekt hem in haar zak.

Bovengekomen roept ze: 'Truste!'

'Slaap lekker', roepen Tom en Irma in koor.

Als Tomi in bed ligt denkt ze aan Sjakie, aan de kaart van Daan en aan oud behang. Ze droomt van het bureautje met de geheime laatjes. Geheim... Tomi maakt een laatje open, daarachter zit er weer één, en weer één, en weer...Alle laatjes liggen op de grond. Het is een hele berg geworden. Ze kan er niet meer overheen kijken. Aan de andere kant van de berg staat Daan. Hij geeft kushandjes en zwaait naar haar. Ze wil over de berg heen springen, maar het lukt haar niet. Ze probeert het nog eens... en nog eens...'Bijna,' roept Sjakie, 'bijna!'

Halve viool

De volgende morgen is Tomi al vroeg wakker. Nadat Irma naar haar werk is gegaan ruimt ze samen met Tom de ontbijtboel op. Net als Tom op het punt staat om boodschappen te gaan doen, gaat de telefoon.

Tom klinkt helemaal blij: 'Ha Sophie, wat geweldig om je stem weer eens te horen. Ja, natuurlijk. Ja, dat weet je toch.'

Tomi is nieuwsgierig. Wat weet ze toch?

'Ja dat zou ik denken. Nee. Nou dat zal ik je vertellen... ja, dat dacht ik al.'

Het lijkt wel geheimtaal, denkt Tomi. Allemaal halve zinnen. Nu moet Tom hard lachen.

'Nou, ik zal je vertellen Sophie, Tomi denkt daar net zo over. Ja, uiteraard!'

Tomi gaat voor Tom staan en gebaart met haar handen. Waar denk ik ook zo over?? Haar gezicht is één groot vraagteken. Ze tikt Tom op z'n arm, maar die schudt van neen. Hij legt zijn hand op de hoorn en zegt: 'Nu even niet.' En direct weer tegen Sophie: 'Ja, ik snap het. Zo gaat dat nu eenmaal.'

Tomi kookt helemaal. Ze hebben het over haar en ze kan niet meepraten. Wat zegt Sophie toch allemaal. Als Tom niet praat hoort ze Sophie wel praten: 'Zzzz, mmmzz..zzm...'

Lekker is dat, denkt ze. Ze kijkt heel boos naar Tom, maar die praat gewoon door. Dan wordt het nog gekker.

'Mmmmzzmm...zzzzmm..' zegt Sophie. 'Zzzmmzzz.'

'Ja, je hebt gelijk,' roept Tom enthousiast. 'Het leuke is dat Tomi ook heeft gekozen voor viool. Nu zit ik wel met het volgende probleem. We willen een viool voor haar kopen, maar hebben er zo weinig verstand van.'

'Zzzzmmm … mmmmmzzmzm,' aldus Sophie.

'Oh, jij denkt dat het een halve moet worden,' zegt Tom.

Tomi krijgt het helemaal benauwd.

'Wat nou, een halve!?' schreeuwt ze.

Tom steekt een vinger in zijn oor zodat hij Tomi niet hoort. Hij praat onverstoorbaar door. Aan zijn ene oor de telefoon en in zijn andere oor zijn vinger. Hij moest zichzelf eens zien, moppert Tomi.

'Ja, echt klein is ze niet voor haar leeftijd. Maar jij denkt dan toch aan een halve. Misschien heb je wel gelijk. Ja, ja…'

'Mzzzzmzzmzzzz….mmmmzzzz..mmzzz.'

Tomi heeft nu een knalrode kop van woede. Wat nu een halve viool? Wie gaat er nu op een half instrument spelen? Nou, ik niet, hoor.

'Ik ga niet voor gek staan,' roept ze hard. Waarom zegt Sophie nou niks, die had er toch zoveel verstand van?

'Heb je morgen gelegenheid om mee naar de vioolbouwer te gaan? Wat zullen we afspreken? Oké, rond koffietijd? Ja, dan praten we verder. Tien uur, je ziet ons verschijnen. Dag Sophie!'

Als Tom de telefoon heeft neergelegd is Tomi door het dolle van nijd. Haar hele goede humeur is in een keer weg en het komt volgens haar ook nooit meer terug. Wat zijn dat voor stomme gesprekken?

'Waarom moet ik op een halve viool spelen?? Nou zeg op, wat een onzin is dat, zeg!' roept Tomi en er komen tranen in haar ogen, zo kwaad is ze. 'Denk maar niet dat ik voor gek ga staan! Denk ook maar niet dat ik morgen mee ga!!'

Ze stampt op de grond van nijd.

'Kijk niet zo gemeen,' ze gilt nu bijna naar Tom. Hij heeft een gemeen lachje. 'Nou, zeg op. Waarom een halve viool?!'

'Tja,' zegt Tom en hij krabbelt door zijn haar. Dat doet hij altijd als er een probleem is. 'Zo'n viool kost natuurlijk nogal wat. Tja, en net nu we gaan verhuizen komt het eigenlijk heel slecht uit. Een halve viool scheelt de helft in geld.'

Tomi's ogen flonkeren van boosheid. 'Weet je wat jullie zijn? Egoïsten, dat zijn jullie!'

Tom blijft rustig. Hij schudt zijn portemonnee op tafel leeg. 'Dat is alles en daar moeten straks de boodschappen nog vanaf.'

Dat maakt Tomi nog bozer. Dan opeens huilt ze toch. Ze ziet zichzelf al staan op les. Vraagt de viooljuf natuurlijk waarom heb jij geen hele viool? Wat moet ze dan zeggen?

We hebben geen geld, want m'n vader en moeder gaan verhuizen. Daar maken ze al dat stomme geld aan op. Ze heeft plotseling zoveel tranen, het lijkt de zee wel. Tsjonge, zoveel heeft ze er in tijden niet gehad.

Tom pakt een zakdoek en zegt: 'Joh, gekkie. Ik plaag je maar een beetje.'

Hij slaat zijn arm om Tomi heen. Maar Tomi wil niet getroost worden. Het voelt wel goed om na zoveel boosheid eens lekker hard te huilen. Ze loopt bij Tom vandaan.

'Als je maar weet dat ik morgen niet meega,' snikt ze. 'Je gaat maar lekker alleen voor gek staan. Nou ja, met Sophie d'r bij.'

'Volgens mij snap je het niet helemaal,' probeert Tom nog eens voorzichtig.

'Oh, dat denk je!' roept Tomi nijdig. 'Ik heb het wel gehoord, hoor. Nieuwe gordijnen, een keuken, nieuwe meubelen. Dat gaat voor, hè? Dan moet Tomi maar een half instrument. Ja, je kan je geld maar één keer uitgeven!'

'Je snapt het echt niet,' zegt Tom. 'Een halve viool is een kleinere viool dan een hele. Er bestaat ook nog een drie-kwart. Grote mensen hebben een hele viool en kinderen die vroeg beginnen, hebben vaak een halve, gewoon omdat ze kleiner zijn. Dat noemen ze zo, een halve. Snap je het nou?'

Tomi maakt zich weer kwaad. 'Weet je wat jij bent? Een verschrikkelijke pestkop.' Ze begint warempel van nijd weer te schreeuwen. Al die tranen helemaal voor niets. Het zal je maar gebeuren. Met twee vuisten beukt ze op Tom z'n arm. Tom gaat er gauw vandoor. Die is niet voor geweld, daar kan hij niet tegen. Hij pakt gauw zijn boodschappentas en rent de trap af.

'Weet je wat je bent? Je bent een halve... halve gare agent... en je bent direct ontslagen!!' roept Tomi in het trappengat. Maar de deur slaat met een klap in het slot. Tom hoort haar al niet meer. Die springt net op zijn fiets.

Treinreis

Het wordt een spannende dag. Tomi kan de hap van haar boterham maar moeilijk weg krijgen.

'Je zit wel te teuten, hoor,' roept Tom, die de rest van de ontbijtboel al naar de keuken heeft gebracht. 'Drink er iets bij, dat slikt gemakkelijker!' Tomi neemt een slok en spoelt haar mond. De hap schiet haar keel in. Grrr, ze moet er bijna van kokhalzen. Nog maar een hap…

Vandaag is de grote dag. Eindelijk, eindelijk gaan ze straks haar viool kopen.

'Als je niet opschiet, halen we de trein niet. Ik heb om tien uur met Sophie afgesproken!' roept Tom. Hij heeft zijn schoenen al aan en rammelt nerveus met zijn sleutels.

'Ik ben zenuwachtig,' bekent Tomi met volle mond.

'Tja, dat heb je zo met artiesten,' weet Tom. 'Zo, nog een hap, bord weg, schoenen aan en rennen!'

Pas bij het station is Tomi's mond helemaal leeg. Als ze eenmaal in de trein zitten zegt ze: 'Het is vandaag je eerste dag als agent.' Tom kijkt helemaal trots. 'Over mijn salaris praten we nog wel.' Hij pakt een krant die op de stoel naast hem ligt en begint te lezen.

Op het plekje van de krant gaat een mevrouw zitten. Het is vast iemand met weinig geld, denkt Tomi. In haar rok zit een scheur en ze heeft een muts op terwijl het zomer is. Tomi kijkt naar haar schoenen. In één schoen zit geen veter. Ze heeft twee enorme tassen bij zich die ze op haar schoot zet. Tomi moet plotseling lachen. De ogen van de mevrouw komen net boven de tassen uit en die van Tom net boven de krant. Het is een gek gezicht.

Tomi kijkt naar buiten. 'Zeg agent,' zegt ze bezorgd, 'je

houdt toch wel in de gaten wanneer we moeten uitstappen.'

'Agent? Agent? Bent u een agent?' gilt de mevrouw boven haar tassen uit. Tom laat zijn krant zakken, hij weet even niet wat hij zeggen moet. Tomi wel. 'Da's geheim,' zegt ze. 'Oh gut, een geheim-agent nog wel, wat spannend.' De mevrouw is duidelijk niet op haar gemak. Ze draait met haar billen heen en weer op de bank. De boodschappentassen dansen gevaarlijk op haar schoot. Tomi kan met moeite haar lachen inhouden.

'Ja,' zegt Tom nu plagerig, 'we houden u in de gaten hoor.' Hij trekt er een stoer gezicht bij.

'Een arrestatie is zo gepiept, hè, agent?' doet Tomi er nog een schepje bovenop.

'U houdt mij in de gaten?' vraagt de mevrouw. Het mutsje zakt tot net boven haar ogen.

'Ja,' zegt Tom en probeert op te staan. De tassen wiebelen nu gevaarlijk. De trein maakt een slinger en boms daar valt één van de tassen van haar schoot. Toms lijf maakt eveneens een rare zwieper. Hij kijkt verschrikt naar alle rommel die er uit de tas valt. De mevrouw begint te schelden. Ze laat zich op de grond zakken, waarbij ook de andere tas de grond op rolt. Tomi heeft de slappe lach. Haar benen zijn er helemaal wiebelig van. De grond ligt vol met tandenborstels en tubes tandpasta. Wel honderd. De trein vermindert vaart en loopt het station binnen. Door de schok rolt de mevrouw om. Tom kijkt hulpeloos om zich heen. Er is verder niemand in de coupé die kan helpen.

'Kom agent,' hikt Tomi, 'ik denk dat we er zijn.' Eenmaal op het perron gieren Tom en Tomi het uit. 'Allemaal tandpasta... ha, ha, hi, en dan al die tandenborstels.'

Tom gaat op een bankje op het perron zitten. Hij kan niet meer lopen van het lachen.

'En ze heeft nog wel een kunstgebit,' snikt Tom. Hij rolt van pret tegen Tomi aan. 'Hè, hè,' steunt hij en veegt met een zakdoek over zijn ogen. 'Zo, heftig zeg. Volgens mij had ze al dat spul gejat.'

'Dat is dan een gemiste kans, agent,' constateert Tomi. Ze lopen lachend het station uit.

Vioolbouwer

Sophie zit al met de koffie op hen te wachten. Tomi, die koffie krijgt met veel melk, kijkt op haar gemak de kamer rond. Niet alleen Sophie is deftig, ook haar huis is sjiek. Aan de muren hangen schilderijen met een lampje erboven. Dat moet ook wel, want de kamer is behoorlijk donker. Tegen de andere muur staat een grote staande klok. Zo één als bij de zeven geitjes, denkt Tomi. In de hoek van de kamer staat een muziekstandaard met daarnaast, op een tafeltje, Sophies viool.

Sophie staat op. 'Kom eens Tomi,' zegt ze. Ze pakt de viool en geeft hem aan Tomi. Ze legt hem onder Tomi's kin. 'Zie je wel, net wat ik dacht. Dat wordt een halve.' Tom knipoogt naar Tomi. Ze krijgt een kleur. Gelukkig weet ze nu wat er met een halve wordt bedoeld. Ze steekt stiekem haar tong naar Tom uit.

Niet veel later lopen ze op straat. 'Geef me maar een arm,' zegt Sophie, 'dat loopt gezelliger.' Ze verspringt met haar benen om gelijk met Tomi te lopen en stapt stevig door. Sophies mond staat niet stil. Ze hoopt dat Tomi net zo veel plezier in het vioolspel krijgt als zij. 'Vioolspelen is hard werken, hoor. Dat moet je er voor over hebben, anders wordt het niets,' babbelt Sophie er gezellig op los. Tom loopt wat eenzaam achter hen. Ja, een agent kent zijn plaats.

'Ik weet nog goed dat ik mijn viool ging kopen,' zegt Sophie. 'dat was bij de vader van Jozef.'

'Wie is Jozef?' vraagt Tomi.

'Jozef is de vioolbouwer. Vroeger was het zijn vader. Later ging het bedrijf over op zijn twee zoons. Toen één van de zoons vroegtijdig stierf, zette Jozef in zijn eentje het bedrijf voort.'

'Was u toen net zo oud als ik?' vraagt Tomi.

'Nee hoor. Ik was ouder,' herinnert Sophie zich. 'Mijn vader en moeder hadden geen geld om een viool te kopen. Ik was toen een meisje van zeventien en kocht de viool op afbetaling. Je moest toen al vroeg gaan werken. Het meeste geld wat ik verdiende moest ik thuis afgeven. Maar het beetje wat ik mocht houden daar betaalde ik mijn viool mee af. Uiteindelijk kon ik toen een mooi instrument kopen.'

Ze lopen een smal winkelstraatje in. Voor een ouderwets winkeltje blijven ze staan. 'Hier is het,' meldt Sophie. In Tomi's buik kriebelt het. Bij het opendoen van de deur klingelt het deurbelletje. Eenmaal in de winkel lijkt het wel of Tomi droomt. Het is donker in de winkel. Alleen boven de toonbank hangt een lampje. De wanden zijn van donker hout en hangen vol met portretten. Tomi kijkt eens beter. Het zijn allemaal violisten. Op sommige portretten staat een handtekening. Die violisten zijn vast heel beroemd. Het plafond is hoog. Links en rechts achter de toonbank staat een grote kast met glazen deuren. Aan een stang hangt een hele rij violen, als jassen in de kast. Op de grond tegen de muur ligt een cello. Het ruikt zoals het er uit ziet, denkt Tomi. Lekker oud. Sophie snuift. 'Lak, hout en hars,' zegt ze genietend.

Tussen de kasten met violen hangt een zwart gordijn. Daarachter hoort Tomi iemand vioolspelen.

Dan gaat, als in een theater, het zwarte gordijn opzij. In de opening verschijnt een grote man. Boven op zijn hoofd is hij kaal, maar aan de zijkanten hangt zijn grijze haar bijna tot op zijn schouders. Hij heeft een blauw schort voor.

'Ha Sjozèf,' begroet Sophie hem. Ze praat heel deftig. Ze zegt niet Jozef, maar Sjozèf.

De ogen in het vriendelijk gezicht van Jozef glimmen. 'Ha Sophia, dat is een verrassing. Toch geen ongelukje gehad met je viool?' laat hij er verschrikt op volgen. 'Nee, hoor. Maak je maar geen zorgen,' zegt Sophie. Ze pakt Tomi bij haar schouders en schuift haar naar voren. 'Mag ik je mijn nichtje voorstellen? Dit is Tomi en ze is van plan een goede violiste te worden.' Jozef steekt zijn grote ruwe hand naar Tomi uit en geeft haar een hand. 'Zo mag ik het horen,' zegt hij met een diepe donkere stem. Tomi denkt aan het geheime lakrecept. Dat zit vast in dat hoge voorhoofd opgeborgen.

'Heb je wat moois voor haar in gedachten? Eentje met een mooie warme klank. Daarbij denk ik dat we aan een halve moeten denken,' zegt Sophie voortvarend. Ze loopt achter Jozef aan naar de hoge kast. De glazen deuren gaan open en de lange arm van Jozef haalt een viool tevoorschijn. Hij legt hem op de toonbank. 'Laten we eerst eens kijken of je gelijk hebt, Sophie.' Hij geeft de viool aan Tomi en oordeelt of het een halve viool moet zijn. 'Strek je arm eens. Zet de viool maar onder je kin.' Tomi voelt zich een beetje onhandig, maar Jozef helpt haar. 'Ja hoor,' zegt hij tenslotte, 'je hebt gelijk.' Vervolgens pak hij nog één viool uit de kast en nog één. Tomi houdt haar adem in. Ze voelt hoe haar vingers trillen. Uit een andere kast pakt Jozef een vioolstok, een schoudersteun en wat hars. Er is een viool bij van donkerrood hout. Het lijkt Tomi de allermooiste. De andere twee zijn donker- en lichtbruin. Dat is natuurlijk dat geheime recept van de lak, denkt Tomi.

Sophie harst de strijkstok en stemt de lichtbruine viool. Ze begint er op te spelen. Het klinkt prachtig.

Vervolgens pakt ze de mooie rode viool. Sophie speelt en legt hem weer weg. 'Deze klinkt warmer, maar wat iel in de hoogte,' zegt ze.

Jozef kijkt toe. 'Hou er wel rekening mee dat het om een halve gaat,' zegt hij geduldig.

Nu stemt Sophie de derde viool, de donkerbruine. Nogmaals speelt ze een prachtige melodie en van hoog naar laag een paar toonladders, zoals dat heet. Ze legt hem bedachtzaam weg en begint weer van voren af aan.

'Mag ik het zeggen, Sophie? Die roodbruine viool, die vind ik mooi om te zien,' zegt Tomi.

'Een viool hoeft niet mooi te zijn, hij moet mooi klinken,' zegt Sophie streng. Ze speelt nogmaals op de violen. 'Deze,' zegt ze tenslotte, 'ik denk dat het deze moet worden.' Ze wijst op de donkerbruine.

'Ben het helemaal met je eens,' zegt Jozef en bergt de andere violen weer in de kast op.

'Kun jij het er ook mee eens zijn, Tom?' vraagt Sophie. Tom heeft tot nog toe niets gezegd. Hij is net zo onder de indruk als Tomi. 'Ik heb er helaas geen verstand van, Sophie. Jij bent de kenner, ik ga helemaal op jou af.'

'Hoorde je het verschil,' vraagt Sophie aan Tomi. Tomi schudt haar hoofd. 'Het klonk allemaal mooi, Sophie,' fluistert ze.

Jozef rommelt in de kast en haalt er een vioolkoffer uit. Hij legt de viool in de koffer en schuift de vioolstok in het deksel. De lamp boven de toonbank laat de viool glimmen.

'De hars stop ik in dit vakje, dame, en de schoudersteun kun je hier kwijt,' zegt Jozef tegen Tomi. Hij sluit plechtig de vioolkoffer. 'Dat je een groot violiste mag worden en wees zuinig op je instrument,' zegt hij en overhandigt Tomi de koffer. Tomi weet even niet wat ze zeggen moet. Ze zucht en drukt de vioolkoffer tegen zich aan. Haar gezicht voelt warm, maar haar handen zijn ijskoud.

'Ik geloof dat het met haar wel goed komt,' zegt Jozef tegen Tom. Tom betaalt aan Jozef de viool en belooft de bon te bewaren. 'Want als alles goed gaat komt ze ooit om een driekwart en kunt u deze inruilen.' Tom belooft het plechtig en geeft Jozef een hand.

'Draag je hem zelf?' vraagt Tom als ze weer buitenstaan. Tomi kijkt verontwaardigd. 'Natuurlijk,' zegt ze trots.

'Nou ja, ik vraag het maar. Ik ben tenslotte je agent.'

Tomi kijkt in de ruit van de winkel. Wat ze ziet is een echte violiste...

Arbeider en kunstenaar

'Wanneer we thuis zijn, zal ik je uitleggen hoe je de viool moet stemmen. Ook je houding bij het spelen is heel belangrijk,' legt Sophie haar onderweg uit. Ze is plotseling een echte viooljuf. Tom loopt niet mee terug naar Sophies huis. Die is nog even de stad in.

'We gaan thuis losse snaren oefenen,' belooft Sophie. Tomi schiet in de lach. Losse snaren... ze is blij dat alle snaren vastzitten.

'Wat zijn losse snaren?' vraagt Tomi.

'Je strijkt dan alleen maar over de snaar zonder dat je je linkerhand gebruikt. En je zult zien dat zoiets in het begin al moeilijk genoeg is,' weet Sophie heel zeker.

Tomi vindt alles alleen maar spannend. Ze kan bijna niet wachten om haar vioolkoffer te openen.

Thuisgekomen bij Sophie zet Tomi haar vioolkoffer op de bank. Voorzichtig maakt ze de sloten open. Daar hij ligt hij dan, de viool waar ze zo naar verlangd heeft. Ze hoort Sophie in de hal met iets schuiven. Niet veel later komt ze met een grote spiegel op wieltjes de kamer binnen. Tomi moet er om lachen. Wat moet Sophie nou met die spiegel.

'Je houding,' zegt Sophie, 'je houding is een van de belangrijkste zaken bij het vioolspelen. Pak je viool maar uit de koffer. Kijk, je schoudersteun zet je zo op je viool. Je kin past precies in dit bakje, dat heet een kinhouder. Voelt het goed?'

Tomi knikt. Het voelt wel goed, maar heel erg vreemd.

'Je moet je viool voor je houden, niet naar de zijkant. Juist, ja zo!' prijst Sophie Tomi's houding. 'Kijk maar in de spiegel. Je voeten iets uit elkaar, zodat je stevig staat. Je rug recht! Prima. Leg nu je viool maar even terug in de koffer. We kijken nu even naar je strijkstok. Hier benedenaan zit een knopje, daar draai je de haren mee strak. Niet te strak hoor, de haren moeten net een beetje spanning hebben. Om ze nu een beetje stroef te maken, haal je de haren over dit harsblokje.' Sophie doet het voor. 'Dat hoef je echt niet elke keer te doen, hoor. Als je elke dag speelt is één keer in de week genoeg.' Sophie neemt de strijkstok van Tomi over. 'Ik zal voordoen hoe je de strijkstok vasthoudt. Je duim hier onder, onder je wijsvinger. Je pink bijna op het zilveren stukje. Je pols los. Probeer maar.'

Tomi pakt de stok. Het lijkt allemaal zo gemakkelijk. Ze knijpt stevig in de stok. Het is zo'n lang ding. Straks valt hij nog uit haar hand. Maar Sophie ziet alles.

'Niet knijpen in die stok, soepel vasthouden. Een losse pols. Laat je pols maar eens soepel jaknikken. Juist, voel je dat je pink de stok in evenwicht houdt?'

Tsjonge, denkt Tomi, er is zoveel om aan te denken en nu heeft ze nog niet eens gespeeld. Sophie pakt de viool uit de koffer en geeft hem aan Tomi.

'Zo, nu gaan we aan het echte werk beginnen. Kijk in de spiegel naar je houding. Is die goed dan strijk je een snaar aan. De laagste en dikste snaar is de G, dan volgt de D, de A en tenslotte de hoogste en dunste snaar is de E. Probeer maar eens of je de A kunt strijken. Ja, doe maar de losse snaar A. Laat de viool maar in je linker hand rusten, die heeft nu even geen werk. Je linker hand is de arbeider, je rechter de kunstenaar. Laat zien waar de kunstenaar toe in staat is. Strijk maar… ja toe maar,' moedigt Sophie haar aan.

Tomi heeft een kleur als vuur. Dat valt nog niet mee.

Ze strijkt per ongeluk twee snaren tegelijk aan. Hè jasses, dat klinkt helemaal niet mooi. Sophie springt als een vrolijke vlinder om Tomi heen. 'Diep in je snaren strijken', roept ze. 'Stevig hoor, aan dat gepiep hebben we niets. Ja, strijken maar. Los die pols...' Ze pakt Tomi's pols beet. 'Het lijkt wel een plank. Ontspannen. Doe maar alsof je lekker onder een warme douche staat. Ook je schouder. Kijk eens in de spiegel. Je trekt je schouder omhoog.'

Het puntje van Tomi's tong steekt uit haar mond. Ze doet enorm haar best. Eindelijk speelt ze op één snaar tegelijk.

'Laat het mooi klinken. Doe je best om het mooi te laten klinken. Je speelt niet voor de kat z'n viool, je speelt altijd voor een ander. Er is altijd wel iemand die naar je luistert. Al zijn het de buren maar, zorg er voor dat het mooi klinkt. Stevig en diep in je snaren!'

Tomi probeert te doen wat Sophie zegt. Maar het is zoveel tegelijk waar ze op moet letten. Ze wordt er helemaal moe van. Haar rug doet pijn en ze merkt dat ze per ongeluk toch in haar stok knijpt. Als ze op haar stok let speelt ze plotseling weer op twee snaren tegelijk.

'Valt niet mee, hè vrouwtje?' vraagt Sophie die wel ziet hoe Tomi haar best doet. 'Daarom moet je gewoon elke dag oefenen. Daar heb je voorlopig de hele zomervakantie voor. 'Zo, laten we nu maar stoppen. Je hebt in één keer zoveel moeten leren. Hier heb je een oude zakdoek, daar maak je je viool mee schoon. Onder je snaren ligt wat hars, zie je dat?'

Als de viool weer in de koffer ligt, gaat Tomi in de grote luie stoel zitten. Pff, ze is er moe van. Maar ze heeft wel een fijn gevoel. Nu kan ze elke dag oefenen. Ze kijkt naar haar viool. Het is net of ze er een beetje verliefd op is.

Nelis

'Lust je warme chocolademelk met slagroom en veel koek-jes? Want dat heb je wel verdiend,' zegt Sophie. Tomi lacht. Sophie lust natuurlijk zelf ook graag koekjes.

Als Sophie in de keuken is, staat Tomi op en kijkt naar de foto's die op een tafeltje naast de bank staan.

'Sophie, wie is die meneer?' vraagt ze nieuwsgierig als Sophie de kamer binnenkomt.

'Die, oh dat was Nelis, mijn man,' zegt Sophie een beetje onverschillig. Tomi kijkt naar Sophie. Ze kijkt een beetje verdrietig. Nelis is vast dood, denkt Tomi. Dat is natuur-lijk best zielig voor haar. Misschien was ze wel heel erg verliefd op Nelis. Als- tie dan dood gaat heb je helemaal niemand meer om verliefd op te zijn. Dat is best wel treu-rig. Tomi kijkt nog eens naar de foto. Sophie is een deftige dame, maar Nelis is helemaal geen deftige meneer.

'Speelde u wel eens voor Nelis?' vraagt Tomi voorzich-tig. Het lijkt net of Sophie niet over Nelis wil praten.

'Nelis hield niet van muziek en al helemaal niet van viool,' zegt Sophie. Het lijkt nu of Sophie haar chocolademelk een beetje slurpt. Ze maakt een gek geluid. Maar nu ziet Tomi het, Sophie huilt.

'Ik zal er maar niet meer over praten, hè Sophie?' zegt Tomi, die medelijden met haar heeft. 'Doodgaan is nou eenmaal niet leuk.'

'Maar wel heel dubbel,' zegt Sophie. 'Alles in Nelis was dubbel. Toen hij leefde wilde ik dat hij dood was. Toen hij dood was miste ik hem. Soms was hij een aardige man en soms… soms, vaak eigenlijk, een rotvent! Nelis maakte om alles ruzie. Vioolspelen mocht ik helemaal niet. Hij wilde het niet horen. Als hij plotseling thuiskwam en hij hoorde mij spelen, werd hij woest. Hij dreigde zelfs dat hij mijn viool in het vuur zou gooien. Als ik hem te pakken krijg, verbrand ik hem als oud hout, heeft hij eens geroepen.' Sophies stem klinkt boos en verdrietig tegelijk.

'Vanaf die dag nam ik overal mijn viool mee naar toe. Want ik geloofde echt dat hij hem in het vuur zou gooien.'

Tomi snapt er nu helemaal niets van. 'Maar u was toch verliefd op Nelis?' Hoe kun je nou verliefd zijn en tegelijk willen dat hij dood is.

'Als jonge meid was ik heel verliefd op Nelis. Ik vond hem aardig. Maar toen we getrouwd waren, wilde ik naar de concertzaal om naar concerten te gaan luisteren. Maar hij wilde alleen maar uitgaan en dansen in een café. Ik niet, ik wilde vioolspelen, mezelf ontwikkelen.'

Het is even muisstil in de kamer. Het lijkt of de grote staande klok nu extra hard tikt.

'Maar Nelis wilde helemaal niets. Hij had zijn werk in de fietsenstalling en als hij thuis kwam, was hij moe. Na het eten viel hij in slaap. Ik probeerde zoveel mogelijk overdag viool te studeren. Als hij dan na het eten in slaap viel, pakte ik een boek. Ik las veel in die tijd. Prachtige verhalen over muziek. Over componisten die de muziek hadden geschreven. Deed ik toch nog iets nuttigs.'

Het klinkt zo zielig dat Tomi er bijna zelf van moet huilen. Zo'n rotvent, Sophie was toch zeker net zoveel de baas in haar huis als Nelis.

Sophie staat op en pakt de foto. Ze houdt hem op een afstandje en kijkt naar het gezicht van Nelis. 'Ik was echt blij toen hij dood was. Vanaf de dag dat hij begraven werd, heb ik elke avond viool gespeeld. Urenlang studeerde ik op de mooiste muziek. Later ben ik bij een orkest gaan spelen. Een heel enkel keertje was ik zelfs soliste,' haar stem klinkt nu trots.

'Nelis was eigenlijk een beetje een zielige man,' zegt Sophie. 'Ja, zo zou je het kunnen noemen. Een zielige man die verder niets wilde leren. Maar weet je wat nu zo gek was? Toen hij dood was miste ik hem. Als ik 's avonds mijn viool pakte dan deed ik of hij in de kamer zat en naar mij luisterde. Hij sliep dan niet, nee hij luisterde naar me met zijn ogen dicht. Ik speelde zo mooi mogelijk. Zo mooi, dat hij niet meer boos kón worden. Hij zou trots op mij zijn en mijn viool zou nooit in het vuur terechtkomen. Wanneer ik een concert gaf en het publiek applaudisseerde dan leek het of ik boven alles uit Nelis het hardst hoorde klappen. Echt, ik hoorde het. Ik wilde het horen,' zegt ze zachtjes. 'Toen hij dood was, werd ik pas echt verliefd op hem.'

Tomi heeft een brok in haar keel, maar moet toch ook een beetje lachen. Wel lekker makkelijk om verliefd op een dooie te worden. Eigenlijk is het hartstikke handig van Sophie. Dan hoef je niet meer te luisteren als hij gaat schelden, niet meer te luisteren als hij snurkt en niet te zoenen als hij toevallig verliefd doet. Je knipt gewoon met je vingers als je wilt dat hij weg gaat. Floep... zo, terug naar zijn fietsenstalling.

Sophie zet de foto weer weg. 'Laten we maar over iets leukers praten,' stelt ze voor. Tomi kijkt naar Sophie. Precies waar ze haar viool onder haar kin houdt zit iets bruins.

'Zeg Sophie,' vraagt Tomi en ze wijst naar haar hals waar een heel diep, klein putje zit, 'als ik nu ook elke dag studeer, krijg ik dan ook zo'n putje in mijn hals?'

'Kun je een geheim bewaren?,' vraagt Sophie, die nu weer helemaal vrolijk is. 'Zo'n putje is een speciaal teken. Dat heeft niet iedereen. Daar moet je echt héél véél voor over hebben. Het laat zien dat je bent toegelaten tot 'de orde van de stevige studerende'. Nou, dat wil ik wel, zo'n putje bedoel ik, denkt Tomi.

Kiezen

Tomi loopt de trap op naar Daan. Nu ze verhuisd zijn woont Daan boven Tomi. Daans vader is de zolder aan het verbouwen. Tomi is er nog niet gaan kijken. Het is een raar idee als een ander je huis aan het verbouwen is. Dat wil ze niet zien. Ze is nu wel aan het nieuwe huis gewend. Irma heeft nog steeds vakantie. Die geniet van het nieuwe huis.

'Kan ik tenminste zien waarvoor ik gewerkt heb,' zegt ze trots.

'Straks wil je helemaal niet meer gaan werken,' zegt Tom. Maar zo zit Irma niet in elkaar. Die is straks maar wat blij als ze weer op stap kan, denkt Tomi. Ze is op de bovenste tree van de trap gaan zitten. Ze is een beetje moe. De hele ochtend heeft ze op haar viool geoefend. Sophie zou trots zijn als ze Tomi kon horen. Niks geen twee snaren tegelijk meer, niks geen gejank en gepiep. Nee, ze speelt nu mooi zuiver. Ze heeft al stiekem geprobeerd om haar vingers van de linkerhand te gebruiken.

Vorige week belde Sophie nog om te vragen hoe het ging. 'Je wordt vast nog een wonderkind,' had Sophie trots gezegd, toen Tomi haar vertelde dat ze hard studeerde.

Tomi bonkt op de deur van Daan. 'Waar blijf je nou? Ik zit al een uur op je te wachten,' overdrijft ze. Daan doet verbaasd de deur open.

'Dat kan ik toch niet weten, dat je op me zit te wachten,' zegt hij verongelijkt. Het lijkt of Daan uit zijn humeur is.

'Ben je boos?' vraagt Tomi.

'Verdrietig,' treurt Daan, 'weet je wel dat het de laatste vakantiedag is?'

'Nou en?' vraagt Tomi verbaasd, 'het is toch nog steeds vakantie.'

'Maandag moet je naar school, hoor!' Daan is helemaal verongelijkt over zoveel onbegrip.

Tomi begint op haar vingers te tellen. 'Het is nu vrijdag, dan komt zaterdag nog en zondag en dan moet je pas naar school. Lekker om met dat rothumeur je vakantie te verpesten.' Daan kijkt naar zijn schoenen. Als hij heel eerlijk is, verveelt hij zich een beetje. Hoewel hij niet naar school wil, duurt de vakantie wel erg lang. Maar Tomi niet, die bruist van energie.

'Kun je een geheim bewaren?' vraagt ze.

'Ik wel,' zegt Daan nonchalant.

'Zweer het dan,' zegt Tomi. Daan spuugt tussen zijn vingers. 'Ik zweer het,' zegt hij.

'Maar wel op me schoenen joh,' zegt Tomi beledigd.

'Ik zweer op me schoenen', herhaalt Daan gehoorzaam. Tomi is razend.

'Dat bedoel ik niet, stommeling. Ik bedoel dat je op m'n schoenen spuugt!'

'Oh,' zegt Daan sullig, 'maar zeg nou eens, wat is dan het geheim?'

Hij is naast Tomi op de trap gaan zitten. Tomi slaat haar arm om Daan zijn schouders en fluistert vlakbij zijn oor: 'Je weet dat ik viool speel.'

'Hi, hi, ja dat heb ik inmiddels gehoord,' grinnikt Daan, die zijn kamertje recht onder dat van Tomi heeft.

'Ja, ga om je eigen zitten lachen,' snauwt Tomi.

'Als ik veel speel krijg ik hier een geheim teken.' Ze wijst in haar hals. 'Hoe meer je speelt, hoe meer je het teken gaat zien. Op een goed moment is het een putje. Dan treedt je toe tot de geheime orde van stevig studerende.'

Daan kijkt verbaasd naar Tomi. 'Hoe weet je dat?' vraagt hij ongelovig.

'Dat is nou het geheim. En er is nog een geheim...' sist Tomi in Daans oor. Daan wrijft hard over zijn oor. 'M'n oor wordt er helemaal nat van. Gadver, je praat met spuug.'

'Nou, wil je het horen of niet?' snauwt Tomi. Daan knikt nieuwsgierig.

'Mijn viool is gelakt met een geheim recept,' zegt ze triomfantelijk. Daan is een en al verbazing.

'Wat kan jou dat nou schelen,' zegt hij.

'Jou misschien niet, maar mij wel. Door dat geheime recept klinkt mijn viool zo mooi.'

'Noem het mooi,' zegt Daan die het urenlange viool-spelen beneden hem mooi zat is. Tomi kijkt verontwaardigd naar Daan. Dat had hij nu beter niet kunnen zeggen. 'Je zit mijn laatste vakantiedag enorm te verpesten,' gromt ze nu wat harder in zijn oor. Tomi denkt aan Nelis van Sophie.

'Dus jij houdt niet van viool?' Tomi's stem klinkt vals. 'Als jij niet van viool houdt, kun je die verkering wel vergeten.'

Tomi gaat een stukje van Daan afzitten en bekijkt het resultaat. Daan weet even niet wat hij zeggen moet. Hij is heel erg op Tomi, maar niet zo op haar viool. Maar als hij iets over die viool zegt, is ze aangebrand. Plotseling krijgt hij een idee. 'Volgens mij kun je niet op twee tegelijk verliefd zijn,' zegt hij. 'Je moet kiezen. Of ik, of die viool...' Zo, denkt hij, dat is kikken. Die weet nu even gewoon niet wat ze kiezen moet.

Tomi krijgt een kleur als vuur. Ze wordt van binnen helemaal kokend heet. Haar keel zit dicht en haar tranen spuiten er aan alle kanten uit. Ze staat op en rent de trap af. De benedendeur slaat met een klap in het slot.

Samenwerking

Stom, denkt Daan, die nu in z'n eentje op de trap zit. Die domme meiden moeten ook overal om huilen. Hij staat op en loopt de trap af. Nu Tomi er niet is weet hij niet wat hij moet gaan doen. Jasses, hij zou bijna naar school verlangen. Hij loopt met zijn handen in zijn zakken de straat uit. Er is niks, maar dan ook niks te beleven. Hij moet toegeven dat het met Tomi altijd wel leuk is. Als er niets is, dan verzint ze wel wat. Bij het winkelcentrum aangekomen blijft hij staan.

Op het midden van het plein staat een man in een glimmend pak boven op een kist. Hij doet of hij een standbeeld is. De mensen blijven staan. Daan komt dichterbij. Het beeld knippert niet eens met zijn ogen. Een mevrouw gooit geld in een koffer. Het beeld buigt plotseling om de mevrouw te bedanken. De mevrouw springt achteruit, ze schrikt ervan. Dan staat het beeld weer doodstil. Er is een jongen die in het been van het beeld knijpt. Het beeld geeft geen krimp. Telkens gooien er mensen geld in de koffer. Ze vinden het leuk, zo'n levend beeld.

Dan ziet Daan plotseling tussen al die mensen Tomi staan. Ze heeft een raar gezicht van het huilen. Het beeld buigt zich naar Tomi. Hij doet of hij huilt en wijst met zijn vingers over zijn wang. Het standbeeld trek zijn mondhoeken omhoog. Hij wijst op Tomi. Lachen moet ze, niet huilen! Daan houdt zijn adem in. Warempel, het lukt. Tomi heeft plotseling een stralende lach op haar gezicht. Het standbeeld applaudisseert.

Pfff, Daan krijgt het er warm van. Hij vindt Tomi hartstikke mooi. Zeker als ze lacht. Daan heeft vreselijke spijt.

Natuurlijk had hij niets moeten zeggen over haar viool. Gelukkig heeft Tomi hem nu niet gezien, ze zou er maar weer verdrietig van worden. Hij sluipt weg uit de kring met mensen en slentert door het winkelcentrum. Voor de supermarkt gaat hij op een bankje zitten. Een jongen met een jasje aan van de supermarkt, probeert een hele rij winkelwagentjes in één keer te verplaatsen. 'Hé, jij daar,' roept hij naar Daan, 'kun je mij misschien even helpen?' Daan staat op. 'Op het hele plein staan winkelwagentjes die de mensen niet hebben teruggezet. Wil jij die wagentjes voor mij verzamelen?'

'Goed hoor,' zegt Daan. Al gauw heeft hij wel vijf wagentjes te pakken. Het valt nog niet mee om die allemaal in één keer naar de supermarkt te rijden. De wieltjes springen alle kanten uit. Daan krijgt het er warm van. Als hij de wagentjes bij de jongen heeft afgeleverd, krijgt hij als dank een euro. Hij kijkt er verbaasd naar, dat had hij niet verwacht. Tsjonge, heeft hij zomaar ineens geld verdiend. Hij pakt de euro nog eens om er naar te kijken.

'Geld maakt niet gelukkig,' zegt plotseling iemand achter hem. Het is de meester met een tas vol lege flessen. 'Ha, meester,' zegt Daan verrast. De meester ziet mooi bruin, die is vast naar een warm land geweest. 'Wat kijk je bedrukt, jongeman. Geld mag dan niet gelukkig maken, maar iets vrolijker kijken kan toch geen kwaad,' kletst de meester. Hij is in een hartstikke goeie bui, kun je zo wel horen. 'Of heb je de pest in dat je maandag weer naar school moet. Nou, dan geef ik je geen ongelijk. Ik eigenlijk ook wel. Weer een heel jaar tegen al diezelfde gezichten aan te moeten kijken. Kinderen die alleen maar willen leren en nooit eens iets ondeugends doen. Weet je, ik verlang nou al weer naar de woensdagmiddag.'

De meester gooit de flessen in de automaat. Er komt geen eind aan, zoveel. Hij wacht op zijn briefje met statiegeld. 'Zo, kanonnen, dat is een hoop geld. Ik denk dat ik er nog maar een vakantieweekje aan vastplak,' zegt hij als hij op het briefje kijkt.

'Dan ga ik mee,' zegt Daan, die er tegenop ziet om Tomi tegen te komen. Zijn gezicht staat nog steeds verdrietig.

'Je denkt toch niet dat ik op vakantie ga met een vent die zo'n chagrijnig gezicht trekt. Kom op man, wat is er loos?' vraagt de meester.

'Ik heb Tomi aan het huilen gemaakt,' bekent Daan. Hij krijgt er een kleur van. De meester hoeft immers niet te weten dat hij op Tomi is. Maar het lijkt wel of de meester alles weet. Van verkering en zo, denkt Daan.

'Tja,' zegt hij, 'met meiden moet je altijd voorzichtig omgaan. Die huilen zo!' Daan begint te lachen. Hoe kan de meester dat nou weten.

'Ik heb er ook één thuis,' bekent hij. 'Als ze blij zijn huilen ze, als ze verdrietig zijn huilen ze ook.'

'Zegt u dan ook wel eens stomme dingen?' vraagt Daan.

'Ik barst er van, van de stommigheid bedoel ik,' zegt de meester. 'Maar weet je wat nou zo leuk is van ruziemaken? Dat je het daarna weer goed gaat maken. Soms maak ik expres ruzie. Ik vind goedmaken zo leuk. Bijna het allerleukste dat er is!' zegt de meester enthousiast.

'Hoe doe je dat dan?' vraagt Daan verbaasd.

'Zoenen!' weet de meester heel zeker. 'Gewoon lekker zoenen.'

'Nou,' zegt Daan voorzichtig, 'ik weet niet of Tomi dat nu wel zo leuk vindt. Ze was wel héél erg boos.'

'Een cadeautje wil ook nog wel eens helpen,' meent de meester. 'En ik kan het weten. M'n hele spaarpot is opgegaan aan cadeautjes voor die meiden.'

De meester legt zijn arm rond Daans schouders. 'Kom op, man. Verzin iets. Zoenen is het goedkoopst, maar met die euro kom je ook een heel eind.'

Hé, dat is handig van de meester. Daar heeft hij zelf nog niet aan gedacht. Hij kijkt naar de euro in zijn hand. Natuurlijk, hij kan iets kopen voor Tomi.

'Tja, aan mij heb je wat,' zegt de meester niet zonder trots. Ze lopen samen een boekwinkel binnen.

'Jij bent er nog niet zo handig in,' zegt de meester. 'Ik denk dat we nu maar even moeten samenwerken. Kijk,' hij wijst op een standaard met mooie kaarten. Beterschap, van harte gefeliciteerd, gecondoleerd, leest Daan. Hij draait aan de molen.

'Wat denk je van deze,' roept de meester enthousiast. Op de voorkant een rode roos met de tekst: Sorry.

'Bloemen, vooral rozen, daar zijn vrouwen gevoelig voor,' weet de meester heel zeker. Daan kijkt naar de prijs, 2 euro. 'Dat heb ik niet,' piept hij teleurgesteld.

'Ik zei toch samenwerken,' zegt de meester en kijkt in zijn portemonnee. 'Hier is die andere euro. Ga jij maar afrekenen, want ik moet naar huis. Anders wordt die van mij ook nog kwaad. En eh, Daan,' fluistert de meester bij de kassa in Daans oor, 'dat zoenen moet je natuurlijk wel alleen doen.' Dat snapt Daan ook wel, je kunt tenslotte niet overal in samenwerken.

Post

Daan loopt naar huis. Hij vond het een goed idee van de meester om een kaart te kopen. Maar nu is er wel een nieuw probleem. Wat moet hij op de kaart zetten? Alleen afzender Daan? Er staat tenslotte al 'sorry' op de kaart. En hoe krijgt hij de kaart ongezien bij Tomi? Hij weet zeker dat zij hem niet meer wil zien. Voor de winkel van Sjakie blijft hij staan. Sjakie zit in een diepe fauteuil voor zijn winkel.

'Hé gabbertje, wat kijk je somber. Problemen?' roept Sjakie.

'Ik zou het wel denken,' zegt Daan uit de grond van zijn hart. 'Ik heb ruzie met Tomi.'

'Tja, dan hebbie inderdaad een probleem. Dat is een pittig ding, daar zou ik geen ruzie mee wille hebben. Voor geen goud! Wat hebbie verkeerd gedaan, jong? Je ken het toch gewoon goedmaken. Gewoon effe alle problemen uit de wereld helpen. Mot toch kenne lukke,' meent Sjakie.

Daan vertelt van de ruzie en van de meester. Hij laat de kaart aan Sjakie zien.

'Zo, zo, pff,' blaast Sjakie, 'daar pak je wel even lekker mee uit zeg. Die smelt als ze die kaart ziet!' weet hij heel zeker.

'Nou, daar zou ik maar niet op rekenen,' zegt Daan zorgelijk, een boze Tomi kennende. 'Ze is woedend. Ik mag niks, maar dan ook niks over die viool zeggen. Echt, Sjakie, ze speelt geen liedje. Alleen maar van die langzame tonen. Na de vakantie krijgt ze pas les, dan gaat ze waarschijnlijk liedjes leren spelen.' Daan kijkt somber voor zich uit. Sjakie ook, maar dat komt omdat hij diep moet nadenken en dat gebeurt niet zo vaak.

'Kom eens mee naar binnen,' zegt Sjakie plotseling. Ze

gaan samen aan een bijna-antieke tafel zitten. 'Hier heb je een pen. Schrijf maar op. "Het spijt me dat ik het viool-spelen nou niet mooi vind. Maar als je vioolles krijgt wordt alles anders. Dan vind ik het vast en zeker mooi." Nou?' zegt Sjakie helemaal trots, 'goed of niet goed?'

Daan glimt. 'Goed!' zegt hij tevreden. Hij schrijft er nog snel 'kusjes Daan' onder. Hij plakt de envelop dicht en zet met grote letters op de envelop: Voor Tomi.

'Zo, da's voor mekaar!' zegt Sjakie, 'komt helemaal goed. Je hebt nu nog geen levenservaring jongen. Maar over een paar jaar draai je daar je hand niet meer voor om.'

'Nou', zegt Daan bedachtzaam, 'ik hoop later geen ruzie meer met haar te krijgen. Want, weet je Sjakie. Tomi is eigenlijk best wel lief. Ik denk dat ik later met haar trouw.'

Ze lopen weer naar buiten. 'Geef die kaart maar hier,' zegt Sjakie, 'als ze straks langs komt, zeg ik wel dat er post voor d'r is.' Hij kijkt de straat in. 'En eh, postbode maak maar rap dat je boven komt, want ze komt d'r aangelo-pen...' Hij gaat weer in zijn fauteuil voor de winkel zitten. Daan rent als een haas de trap op. Zijn hart bonkt in zijn keel. Op de bovenste trede blijft hij zitten. Het liefst zou hij willen luisteren hoe Sjakie dit gaat aanpakken. Maar hij heeft er wel vertrouwen in. Sjakie is tenslotte een aardige vent. Hoe zei hij dat ook al weer? Oh, ja, een vent met levenservaring. Daan bijt op zijn nagels. En nou maar wachten wat er gaat gebeuren...

'Ha, meissie van me!' roept Sjakie als Tomi dichterbij komt. Hij pakt haar bij haar arm en bekijkt haar eens wat beter. 'Zeg, wat is dat nou? Hebbie gejankt? Toch zeker niet om dat gozertje van boven hè?'

'Kun je dat zien?' vraagt Tomi, die direct alweer tranen achter haar ogen voelt prikken.

'Kun je dat zien?' herhaalt Sjakie. 'Tuurlijk ken je dat zien. Je heb zo'n rare smoel dat het leek of er een ander grietje de straat in kwam wandelen.'

Er lopen alweer tranen over Tomi's wangen. Ze haalt haar neus diep op.

'Zo, dat lucht effe lekker op. Hebbie geen zakdoek bij nodig!' zegt Sjakie. Hij kijkt naar Tomi's beteuterde gezicht.

'Je heb toch geen l.d.v.d.?' vraagt hij verschrikt. Tomi moet plotseling door haar tranen heen lachen. 'Wat is nou l.d.v.d?' Die gekke Sjakie ook.

'Da's een ernstige ziekte. Sommige mensen gaan d'r an kapot,' weet Sjakie met de zekerheid van een kenner.

'Heb ik dat dan?' vraagt Tomi verbaasd.

'Ik weet het niet. Dat vraag ik aan jou. Je jankt toch niet voor niets de ogen uit je kop. Dat doen vrouwe alleen bij l.d.v.d.'

'Ik weet niet wat dat is,' bekent Tomi. Ze snapt werkelijk niet wat voor ziekte Sjakie bedoelt. Ja, ze voelt zich rot, maar een ernstige ziekte…

'Kom eens hier met je oor,' gebiedt Sjakie. Tomi bukt zich en Sjakie fluistert van uit zijn luie stoel: 'L.d.v.d. is een afkorting voor liefdesverdriet. Snap-ie 't nou?'

Tomi krijgt een kleur als vuur.

Sjakie kijkt naar haar blozende wangen. 'Hoort er allemaal bij,' zegt hij. 'Die rode wangen bedoel ik. Janken en blozen, het kan niet missen.'

Sjakie staat op.

'Kom eens mee naar binnen. Dat lefgozertje van boven kwam zo-even met een brief. Of ik die aan jou wilde geven. Ik weet niet wat er in staat, maar die vent had me een verdriet,' overdrijft Sjakie.

Tomi pakt de envelop aan. Haar handen trillen. Zonder de brief te openen, weet ze heel zeker dat ze nu al niet meer boos is op Daan. Want zo gaat dat met l.d.v.d..
'Je ken d'r zo maar plotseling van genezen,' zegt Sjakie. Hij zakt weg in zijn luie stoel. Zijn werk zit er voor vandaag weer op. Even knippert hij met zijn ogen tegen het felle zonlicht. De zon schijnt niet voor niets, dat weet hij heel zeker.

Daan zit boven aan de trap. Ongeduldig wacht hij op de dingen die komen gaan. Hij heeft zweethanden. Wat zou Sjakie tegen Tomi zeggen? Hij loopt een klein stukje naar beneden, maar rent ook weer als een haas naar boven. Beneden gaat de buitendeur open. Hij kijkt over de trapleuning. Tomi heeft de kaart in haar hand. Ze gaat op de trap zitten en maakt de envelop open. Ze kijkt lang op de kaart en blijft heel stil zitten. Daan kan Tomi's gezicht niet zien. Hij durft zich amper te bewegen. Maar het duurt nu wel erg lang. Waarom gaat ze niet naar binnen? Waar denkt ze aan?

Daan kucht. Tomi kijkt verschrikt naar boven. 'Oh, ben jij het. Mooi die kaart,' zegt Tomi. 'Aardig van je.'
Ze zegt weer een hele tijd niets. Daan weet ook niet wat hij zeggen moet. Zo had hij het zich niet voorgesteld. Tomi zou helemaal blij zijn met zijn kaart. Misschien zouden ze wel stiekem zoenen om het goed te maken. Maar die stomme griet zit daar maar stil te zijn op de trap. Daan voelt zich niet op zijn gemak.

'Weet je, ik denk dat we maar niet meer verliefd moeten zijn.' Tomi staart naar haar schoenen. Ze wil niet naar Daans gezicht kijken nu ze dit zegt. Daan kijkt teleurgesteld. Dat is nou echt weer iets voor Tomi. Op de kaart staat toch 'sorry'.

'Als ik straks heel goed viool speel, kijk je maar of je weer verliefd op me wordt. En anders blijven we gewoon vrienden,' zegt Tomi. Ze staat resoluut op en gaat naar binnen. In haar kamertje stopt ze de kaart in het geheime laatje van haar bureau. Ze vindt het wel zielig voor Daan. Maar ik heb nu even geen zin meer, denkt ze. In verliefd zijn bedoel ik.

Held

De kerkklok slaat 8 uur. Daan trekt zijn schoenen aan om naar school te gaan. Beneden hoort hij Tomi vioolspelen. Ze heeft inmiddels al een heleboel vioollessen gehad. Soms speelt ze hele mooie stukken. De meester heeft gevraagd of Tomi vandaag haar viool mee naar school wil nemen. Daarom is ze nu zo vroeg aan het oefenen. Hij doet zijn jas aan, pakt zijn rugzak en loopt de trap af. Hij bonkt bij Tomi op de deur.

'Ga je mee?' roept hij en gaat geduldig op de trap zitten. Meiden hebben altijd veel tijd nodig, weet hij.

Niet veel later lopen Tomi en Daan naar school.

'Ik ben best zenuwachtig,' bekent Tomi, 'want ik heb nog nooit voor zoveel mensen gespeeld. Sophie heeft nog gebeld. Zij zegt dat het goed is. Zenuwen bedoel ik,' kletst Tomi. 'Daar ga je beter van spelen.' Ze heeft haar viool op haar rug. Net als een rugzak. Haar rugzak met haar muziekstandaard en het lesboek draagt ze in haar hand. 'Ik ga straks een stukje van Schubert spelen.'

Daan weet niets van Schubert, maar hij vindt het allemaal best. Als het maar niet vals klinkt. Achter Daan en Tomi lopen een paar jongens. Het zijn Peter en Willem. Tomi heeft een hekel aan Peter. Peter pest graag en Willem is een lafaard, een meeloper.

'Hé, moet je kijken,' roept Peter, 'die tut doet het nog echt ook.' 'Wat doet ze?' vraagt Willem.

'Die tut gaat straks vioolspelen in de klas. Dat heeft de meester toch aan d'r gevraagd.' Peter maakt gekke geluiden. Hij doet kattengejank na en Willem moet er hard om lachen. Hij doet of hij viool speelt.

Tomi kijkt achterom. 'Ga om je eigen stommigheid lopen lachen,' roept ze naar Willem.

'Niks zeggen,' zegt Daan. 'Die willen alleen maar ruzie.' Daan voelt zich niet op zijn gemak. Hij heeft al eens vaker gevochten met Peter. Dat was niet gemakkelijk weet hij nog, want Peter is een stuk langer en sterker.

Peter komt vlak achter Tomi lopen en trekt aan haar viool. 'Rot op!' roept Tomi en gaat wat harder lopen. Weer trekt Peter aan haar viool.

Plotseling draait Tomi zich met een ruk om en geeft Peter een klap. Zo recht in zijn gezicht. Pats!

Peter zegt even niets. Hij schudt met zijn hoofd en wrijft over zijn wang. Dat had hij niet verwacht. 'Kreng!' roept hij alleen maar.

'Hé gek, moet je mij nemen!' roept Willem stoer. Hij verschuilt zich een beetje achter Peter. Als Tomi naar hem toekomt, zet hij het op een lopen. Tomi rent achter hem aan. Ze heeft een enorme dreun in haar gedachten. Daan weet even niet wat hij moet doen. Hij ziet hoe Peter weer achter Tomi aan rent. Dit gaat niet goed, weet Daan heel zeker. Ook hij zet het op een rennen. Peter pakt Tomi bij haar schouders en probeert haar op de grond te duwen. Tomi vecht voor wat ze waard is tegen zo'n lange knul. Als haar viool maar niet op de grond valt, want dan is hij stuk. Dat mag niet gebeuren, denkt ze, terwijl ze om zich heen maait.

Dan komt Daan aangerend. Het lijkt wel of hij zijn eigen kracht niet kent. Hij pakt Peter beet en gooit hem op de grond. Hij slaat wild om zich heen. Willem laat zich bovenop Daan vallen. Het is een kluwen van maaiende armen en benen. Tomi rent weg en kijkt op een afstand toe.

'Hé kun je wel! Twee tegen één!' roept ze. Ze ziet hoe Daan overeind klautert. Hij staat op en loopt weg. Tomi loopt naar hem toe. Ze slaat haar arm om hem heen.

'Je kop bloedt,' zegt ze bezorgd. Ze pakt haar zakdoek en probeert het bloed weg te wrijven. Nu zit het bloed in Daans haar. Het ziet er eng uit.

'Kom maar gauw mee naar de meester voor een pleister. Je hebt een hele schrap over je wang.'

Tomi en Daan zetten er stevig de pas in. Vlakbij school zegt Tomi: 'Bedankt dat je voor mij hebt gevochten.' Ze geeft hem vlug een zoen, vlakbij al dat bloed. Daan is een held en zo voelt hij zich ook.

'Allemachtig,' zegt de meester, 'het lijkt wel oorlog.' Tomi bekijkt Daan eens goed. Niet alleen zijn hoofd zit onder het bloed, maar ook zijn handen. Zijn kleren zitten helemaal scheef.

'Hij heeft gevochten,' legt Tomi uit, 'voor mij.'

Daan kijkt stoer naar de meester.

'Nou held, ga eerst je handen en je gezicht maar eens wassen. Dan zullen we kijken wat er overblijft voor een pleister.'

Na de wasbeurt blijft er nog maar weinig bloed over. Een flinke schram op Daans wang, dat is alles. De meester plakt er een pleister op.

'Met wie vocht je eigenlijk?' vraagt de meester nieuwsgierig.

'Met Peter en Willem. Die liepen te pesten. Ze noemen mij een viooltut en wilden me op de grond gooien. Maar Daan is boven op hen gesprongen en eh…' roept Tomi opgewonden voor haar beurt.

'Ja, ho maar, ho maar!' roept de meester. Hij loopt direct op Peter en Willem af.

'Sinds wanneer slaan wij meiden?' vraagt de meester.

Peter is heel brutaal. Hij begint te lachen. 'Is onze Daantje plotseling een meid? Ach arme ziel. Ik heb Tomi helemaal niet geslagen. Ze heeft mij geslagen. En die Daan leek wel gek. Als een dolle stier beukte hij er op los. Willem heeft een blauw oog.' Hij trekt Willem naar voren. Zijn oog is dik en blauw.

Daan kijkt met heel weinig bloed en één pleister opeens weer geweldig stoer. Hij doet zijn schouders een beetje omhoog en stopt zijn handen in zijn zakken. Ongeveer zoals een echte held er uit moet zien.

'Ze wilden Tomi's viool kapotmaken,' zegt hij. 'en dat pik ik niet!'

De meester houdt zijn handen voor zijn oren. 'Ja, stil maar. Nou weet ik het wel. Wat een rotvak heb ik toch,' klaagt hij. 'En dat allemaal op de vroege morgen. Je zou ze met plezier achter het behang plakken. Ga allemaal maar op je plaats zitten.'

Als iedereen zit zegt de meester: 'We beginnen vandaag met de spreekbeurt. Dit keer heeft Tomi zich hierop voorbereid. Ik ga achter in de klas zitten, kan ik een beetje tot rust komen na al dat geweld. Zij neemt het nu van mij over. Luister goed naar haar, want daar kun je wat van opsteken.' Tomi vertelt dat ze naar de vioolbouwer is geweest. Dat ze vioolles heeft en elke dag hard studeert. Ja, ze vertelt zelfs wat een halve viool is en wat losse snaren zijn. Ze pakt haar viool en zegt: 'Dan zal ik nu een stukje voor jullie spelen.' Tomi stemt haar viool. Ze voelt de kriebels in haar maag. Haar handen trillen van de zenuwen. Maar als ze eenmaal begint te spelen is het over. Ze denkt aan Sophie. 'Als je het uit je hoofd kunt spelen, kijk je naar één punt in de zaal. Over het publiek heen…'

Tomi speelt zo mooi. Zo mooi als ze nog nooit gespeeld heeft. Het lijkt wel of Sophie naast haar staat. Ze hoort haar stem. 'Goed zo Tomi. Er is altijd iemand die luistert. Elke noot moet mooi zijn. Maak toon, ja, je kunt het! Strijken, zet de kunstenaar maar aan het werk…'

Als het stuk uit is begint iedereen te klappen, zelfs Peter en Willem. Tomi buigt. Ze geniet van het applaus. Het is net of ze in een concertzaal staat. De meester steekt zijn duim omhoog. 'Top!' roept hij. 'Geweldig!' Daan is er zelfs bij gaan staan. Het lijkt wel of ze zijn applaus boven alles uit hoort. Dat heb je soms met helden!

Compliment

'Heb je nog geen thee?' roept Tomi. Ze is helemaal buiten adem. Op dinsdag heeft ze altijd ontzettende haast. Ze wil niet te laat komen op vioolles. Haar vioolkoffer staat al klaar in de gang. Tomi pakt vliegensvlug haar lesboeken en stopt ze in haar rugzak.

Tom zet de theeglazen op de tafel. Die heeft helemaal geen haast. Hij gaat er eens even gezellig voor zitten. Tomi pakt haar glas en begint er als een bezetene in te blazen. 'Het is veel te heet. Dit duurt allemaal veel te lang,' gromt ze ongeduldig.

'Hé draaitol, waarom heb jij opeens zo'n haast. Je hebt nog ruim een half uur hoor,' tempert Tom haar ongeduld. Hij vindt het juist leuk als Tomi uit school komt.

'Hoe is het vandaag gegaan op school. Nog iets beleefd?' Tomi houdt even op met in haar thee blazen.

'Massoud z'n oom is dood. Nu gaat hij met zijn familie naar Marokko om hem te begraven. Met zijn gezicht naar het oosten, want dat wil die God van hun.' Tomi blaast weer in haar thee en probeert een klein slokje. 'Ik laat het staan,' weet ze opeens heel zeker.

'Nou, jij bent lekker gezellig zeg,' moppert Tom. 'Waarom heb je nu zo'n haast. Of staat er soms wat bijzonders te gebeuren. Dan mag ik dat toch zeker wel weten?'

Tomi staat al in de gang. Ze doet haar jas aan en roept halverwege de trap: 'Misschien mag ik examen doen. Dat hoor ik vandaag!' De benedendeur slaat met een klap in het slot.

Op straat komt ze Daan tegen. Hij heeft moeite om

Tomi bij te houden. 'Je lijkt wel een snelwandelaar,' zegt hij. 'Dat is een trainingsoefening van de voetbal. Kijk zo...' Met draaiende heupen loopt hij Tomi hard voorbij. Het is zo'n gek gezicht dat Tomi er de slappe lach van krijgt. 'Ophouen nou!' snikt ze. Ze kan nu zelf bijna niet meer lopen. Dat schiet natuurlijk niet op zo. Maar Daan weet van geen ophouden. Tot aan de muziekschool loopt hij voor haar uit te snelwandelen.

'Zo, pfff, dat was een goede oefening', puft Daan tevreden over zijn prestatie als ze bij de muziekschool aankomen.

Tomi duwt de zware deur open. Ze kan nog net naar Daan zwaaien, voordat de deur dichtslaat. Op de trap komt ze de directeur van de muziekschool tegen.

'Jij bent vast Tomi. Ik kom straks even luisteren hoe je speelt. Zeg dat maar vast tegen je viooljuf. En niet zenuwachtig worden, want jij speelt altijd beter viool dan ik,' klinkt het geruststellend.

Dat kan hij nu wel zeggen, denkt Tomi, maar toch is het spannend als er een ander meeluistert. Aan de andere kant is Tomi al heel wat mans op haar viool. Dat komt door haar viooljuf Annelies die haar, net als Sophie, heeft leren vechten voor elke noot.

Tomi klopt op de deur. De andere leerling is net zijn spullen aan het inpakken. Tomi is nog steeds een beetje opgewonden.

'Juf, straks komt de directeur naar mij luisteren. Mag ik de Sonate nr. 7 spelen, die gaat hartstikke goed,' hijgt Tomi van het traplopen.

'Ha, die Tomi,' begroet Annelies haar. 'Pak maar gauw uit dan kunnen we stemmen en nog wat inspelen.'

Nadat Tomi wat toonladders heeft gespeeld en nog een

keer haar viool heeft gestemd, begint ze aan de Sonate. Ze speelt hem uit haar hoofd. Het is zo'n mooie melodie, dat ze hem wel honderd keer gespeeld heeft. Nu hoeft ze niet meer op de noten te letten. Ze kan nu haar aandacht bij het strijken houden en het sterk en zacht spelen. Soms doet ze haar ogen dicht terwijl ze speelt. Het is dan net of Sophie om haar heen fladdert. De strijkstok lijkt bijna vanzelf zijn werk te doen. De kunstenaar, noemt Sophie de hand van de strijkstok. Haar linkerhand is de arbeider, die doet het werk. Speel zo mooi mogelijk... er is altijd wel iemand die naar je luistert. Tomi eindigt het stuk met een ritenuto. Dat is steeds langzamer worden. Ze speelt een fermate, een lange noot op het eind.

'Héél goed Tomi,' zegt plotseling een mannenstem goedkeurend. Terwijl ze speelde is de directeur stiekem binnengekomen.

'Ik heb u helemaal niet binnen zien komen,' zegt Tomi.

'Dat klopt,' grapt de directeur, 'want je keek net even bij je zelf naar binnen.' Tomi kijkt hem vragend aan. 'Je had je ogen dicht bedoel ik,' verduidelijkt de directeur.

Tomi lacht, dat is maar goed ook. Anders was ze misschien toch nog zenuwachtig geworden.

'Nu ik hier toch ben, wilde ik van de gelegenheid gebruikmaken om een les bij te wonen. Vind je het vervelend?' vraagt de directeur.

Tomi schudt haar hoofd. Ze vindt de directeur wel een aardig man. Hij zit vol met grapjes herinnert ze zich nog van het blokfluitexamen. Annelies pakt een nieuwe les uit het boek. Ze moet de oefening op verschillende manieren spelen. Eerst allemaal als losse noten, daarna gebonden. Eerst speelt ze twee noten onder een boogje, vervolgens moet ze vier noten onder een boogje spelen. Vlug gaat dat nog wel, maar langzaam lijkt het wel of haar strijkstok tekort is.

'We gaan het nog moeilijker maken,' zegt Annelies. 'Speel maar drie gebonden en één los.'

Tomi wil het zo graag goed doen, dat ze helemaal geen erg meer heeft in de directeur. Ze schrikt er bijna van als hij plotseling zegt: 'Je bent een ijverige leerling, Tomi. Echt, je doet hartstikke goed je best. Voor de volgende zomervakantie mag je op voor je a-examen.' Hij kijkt naar Annelies. 'Maar eigenlijk wilde ik daar niet op wachten... Wat vind jij?' Annelies knikt. De directeur kijkt naar Tomi: 'Je mag het wat mij betreft gaan proberen in het leerlingenorkest.' Uit een mapje pakt hij wat muziek. Het zijn derde vioolpartijen. 'Alsjeblieft, ga daar maar eens hard op studeren.' De directeur is een grapjas, maar hij kijkt nu heel ernstig.

Tomi krijgt een kleur als vuur. Ze begint er helemaal van te stotteren. 'Ik naar het orkest... nu al? Zo hé... tof!' De directeur geeft haar een hand en vertrekt. Tomi is helemaal door het dolle. Haar hart gaat tekeer als een trommel. 'Mag ik al naar huis juf?' vraagt Tomi. Ze heeft weer net zoveel haast als toen ze kwam. Ze wil het grote nieuws gauw aan Tom vertellen.

Thuisgekomen roept Tomi onder aan de trap. 'Tom, ik mag naar het orkest!! Ik mag naar het orkest!!' Bovenaan de trap vangt Tom haar op en tilt haar met viool en al omhoog. Sommige agenten zijn heel sterk, zeker als ze trots zijn. 'Dat is goed nieuws, meissie,' zegt hij. Ze krijgt dikke zoenen. 'Dat wordt vandaag pannenkoeken,' belooft hij. Soms is het leven gewoon even een feest.

Straatmuzikant

Tomi zit op de trap. Daan komt naast haar zitten. 'Wat zullen we gaan doen?' vraagt Daan. Hij weet even niks leuks te verzinnen. Tomi kijkt naar het plafond. Dat doet ze altijd als ze verzint.

'Ik weet wat. Ik weet iets héél goeds!' Ze staat enthousiast op en trekt Daan overeind. 'We doen straat-theater voor het goeie doel.' 'We doen watte..?' vraagt Daan. Tomi verzint altijd de gekste dingen. Dat is altijd wel spannend, maar nu snapt hij er even niks van. Als ze wil dat hij op straat gaat staan toneelspelen, nou dan heeft ze het mooi mis. Daan kijkt haar wat achterdochtig aan.

'Je hebt me wel gehoord,' zegt Tomi. 'Ik bedoel we kunnen toch straat-theater doen en daarmee geld verdienen. Dat geld geven we dan aan het kinderziekenhuis, om speelgoed te kopen.'

Daan weet gewoon niet wat hij zeggen moet. 'Heb je dat nu zelf zitten verzinnen? Hier op de trap?' vraagt hij verbaasd. 'Nou, je kan wel zoveel verzinnen. Joh, ik kan helemaal niet toneelspelen. En denk ook maar niet dat ik voor gek ga staan,' zegt hij dreigend. Hij weet dat wat Tomi in haar hoofd heeft ook altijd gebeurt. Maar hij weet ook heel zeker dat hij dat niet doet.

'Denk nou eens na, wat je wel kan,' zegt Tomi. Ze heeft haar armen over elkaar en wacht tot Daan weet wat hij kan. Eerlijk gezegd wordt hij stik-zenuwachtig van Tomi. Wat moet hij nu zo gauw verzinnen.

'Als jij niks verzint, dan verzin ik wat voor je,' zegt Tomi. Haar stem klinkt dreigend. Daan heeft er opeens helemaal geen zin meer in.

'Weet je wat ik ga doen? Ik ga voetballen, je bekijkt het maar met je theater,' zegt Daan opgelucht over zijn eigen idee.

'Kijk, als je maar verzint,' zegt Tomi. 'Dat moet je meer doen.'

'Watte,' vraagt Daan. Hij snapt er helemaal niets meer van.

'Verzinnen,' herhaalt Tomi. 'Ik dacht namelijk ook aan voetbal. Je neemt je voetbal mee en dan probeer je de bal hoog te houden. Dat kan jij toch zo goed?'

'Denk je dat de mensen daar geld voor geven?' vraagt Daan.

'Wel als ik er viool bij speel,' weet Tomi heel zeker. Nu ligt Daan plotseling helemaal in een deuk. 'Ha, ha en wat ga je dan spelen? We are the champions? Of ons clublied?'

'Kom maar mee,' zegt Tomi resoluut. 'Dat zie je vanzelf als we optreden. Ga je bal maar halen.' Daan moppert wat in zichzelf, maar gaat toch naar binnen. Tomi rent de trap af om haar viool te halen. Even later lopen ze de straat uit.

'Zullen we naar het winkelcentrum gaan, daar lopen veel mensen,' stelt Tomi voor. Daan slentert een beetje achter Tomi aan. Eerlijk gezegd ziet hij er helemaal niets in.

Tomi heeft een mooi plekje gevonden vlak bij de supermarkt. Ze pakt haar viool uit de koffer en begint met het stemmen van de snaren. Haar koffer zet ze open voor zich. 'Daar kunnen ze het geld ingooien,' zegt Tomi, overtuigd van een goed optreden.

Met haar viool en strijkstok in de hand gaat Tomi achter haar koffer staan. 'Kom dat zien. Een bijzonder optreden van Daan en Tomi voor speelgoed voor het kinderziekenhuis!' roept Tomi met luide stem. 'Kom dat zien!' Daan krijgt een kop als vuur. Hij schaamt zich kapot voor dat geschreeuw van Tomi. Hij probeert niet naar haar te kijken en heeft alleen aandacht voor zijn bal. De bal gaat van zijn ene voet naar zijn andere en van zijn hoofd via zijn schouders weer naar zijn voet.

Tomi staat nog steeds te schreeuwen. 'Mijn vriend hier wordt later een bekende voetballer. Dat kun je zo wel aan hem zien. De bal raakt geen enkele keer de grond!' Als Daan even opkijkt ziet hij dat er een heleboel mensen zijn blijven staan. Tomi pakt haar viool. Op de dikste snaar maakt ze met haar strijkstok hele kleine streekjes, heel snel. Het klinkt als in het circus, denkt Daan, als de acrobaten iets gevaarlijks doen. Nog steeds heeft de bal de grond niet geraakt. Na een minuut of vijf speelt de viool 'Ta, ta!' De bal raakt de grond en stuitert in Daans handen. 'Buigen,' roept Tomi. Samen buigen ze voor het publiek. Tomi roept, voordat de mensen weggaan: 'Het is voor het goede doel. Het geld kunt u in de koffer gooien! Het is voor speelgoed voor het kinderziekenhuis!' Tot zijn verbazing ziet Daan dat de mensen hun portemonnee pakken en geld in de koffer gooien.

'Dank u wel!' roept Daan. 'Dank u wel! Nou moet jij wat spelen Tomi.'
'Oké,' roept Tomi zelfverzekerd. Ze speelt de Sonate nr. 7 wel drie keer achter elkaar. De mensen klappen en Tomi buigt als een echte artiest.
'Hé, daar komt de meester,' fluistert Daan tegen Tomi. Daan doet net of hij de meester niet ziet. Hij begint de bal weer hoog te houden en Tomi speelt weer haar circus-muziek. Vanuit haar ooghoeken ziet ze dat de meester tussen de mensen gaat staan. Als de bal de grond raakt en

Tomi iedereen weer op haar vioolkoffer wijst roept de meester: 'Kanonnen nog toe, dat is een goed idee. Dat van het goede doel. Even mijn lege flessen inleveren, daar kun je een speelgoedwinkel van leeg kopen.' Al het geld van de lege flessen gooit hij in Tomi's vioolkist. De meester is trots op hen. 'Dat zijn leerlingen uit mijn klas,' zegt hij tegen een oude, deftige meneer. De heer gooit een briefje van vijf euro in de koffer. 'Hoe groeien ze zo, hè,' zegt hij tegen de meester, 'en dat zonder worteltjes.'

Repetitie

'Ho, ho, stoppen!' roept de dirigent , 'we kwamen hier toch bij elkaar om muziek te maken? Jullie spelen als ouwe wijven.' Hij maakt met zijn mond het geluid van oude wijven die viool spelen. En dat klinkt eerlijk gezegd heel raar. De dirigent pakt de viool van Tomi en speelt een stukje voor.

'Zo wil ik het horen. Al dat ge-aai over die snaren moet maar afgelopen zijn. Flink strijken, laat horen dat je er bent.' Hij geeft de viool terug. 'We doen het nog een keer.'

'Helemaal opnieuw? vraagt Tomi. 'Of daar waar het fout ging?'

'We beginnen bij B van bullebak,' zegt de dirigent. Tomi giechelt. Ze moet vaak om hem lachen. Soms zegt hij zulke gekke dingen. Opnieuw spelen ze het moeilijke stukje. De dirigent legt zijn dirigeerstokje op zijn lessenaar. Maar het hele orkest speelt gewoon door.

'Ja, hallo! Ik sta hier hoor!' roept hij. 'Ik ben namelijk aangenomen om naar jullie te zwaaien. En er wordt niet eens van jullie gevraagd om terug te zwaaien. Maar naar mij kijken lijkt me toch op z'n minst wel erg handig. Kijk, ik heb een wit overhemd en een blauwe trui. En ik heb m'n haar netjes gekamd. Maar wat heeft dat allemaal voor zin als jullie toch niet kijken. Heeft iemand van jullie gezien dat ik heb afgeslagen? Nee, dat dacht ik al. Je moet je standaard zo zetten dat je er net overheen kunt kijken. Naar mij, bedoel ik. Ik vind het namelijk heel tof als er naar mij gekeken wordt. Nogmaals bij bullebak…!'

Het orkest speelt het stuk opnieuw. Ze strijken nu

stevig door. Als het stuk uit is houdt de dirigent zijn handen voor zijn oren.

'Donders nog toe, m'n oren tuteren helemaal. Er staan letters onder de noten. Wie weet wat die 'p' betekent? Niemand...? Die 'p' betekent poepzacht.'

De kinderen beginnen te lachen.

'Ja, nou lachen jullie, maar wie weet dan wat het echt betekent?'

Arnoud steekt zijn vinger op. 'Die 'p' betekent piano en piano betekent zacht spelen.'

'Juist,' zegt de dirigent, 'en wat deden jullie?'

'We speelden hard!' roept Tomi.

'Zeg, het is geen ei. Een ei kook je hard. Muziek speel je sterk. Zo heet dat, sterk spelen,' corrigeert de dirigent. 'Voor sterk spelen staat een f en dat is niet de f van fals, maar van forte. Weet je wat twee ff's betekent? Nog sterker, fortissimo! Zo heb je gelijk ook wat Italiaans geleerd. Is nooit weg als je van de zomer op vakantie gaat. We spelen het nogmaals en let nu eens op de forte en de piano. Laat het duidelijk horen. Tutti, van voor-af-aan en met de herhalingen. Tutti betekent dat je allemaal moet gaan spelen, het hele orkest dus!'

Gelukkig, nu gaat het prima. Dat is maar goed ook, want zaterdag geeft het orkest een concert.

'We geven zaterdag een taartenconcert,' zegt de dirigent. Hij likt zijn lippen af, want hij houdt veel van taart. 'We vragen geen geld voor de toegang, we vragen gewoon taart. Iedereen die het concert wil bijwonen neemt een taart mee met veel slagroom. Of cake...of eh... koekjes, liefst met chocola. Dat wordt smullen in de pauze.'

Hij smakt er zelfs een beetje bij als hij het zegt. Hij is vast een liefhebber, denkt Tomi, dat zie je zo wel.

'Als we zoveel taart eten, kunnen we na de pauze niet meer spelen,' bedenkt Tomi hardop.

De dirigent kijkt nu heel verbaasd.

'Zeg wat denken jullie wel. Jullie krijgen geen taart! Die taarten worden gebakken voor de dirigent. Ik heb het taartenconcert verzonnen dus ik eet taart in de pauze. En eh... als er iets over blijft, wat kruimeltjes of zo...'

De kinderen beginnen 'boe' te roepen.

De dirigent schrikt er van. 'Ik dacht dat kinderen helemaal geen taart lusten.'

De kinderen beginnen allemaal hard door elkaar te schreeuwen.

'Ja, ho maar! Laten we dit afspreken,' zegt hij, 'wie een goed concert geeft, krijgt taart. Zo niet, dan is het voor mij!'

De kinderen in het orkest vinden het een goed idee. Die houden ook wel van taart. Zij hebben de afgelopen weken hard gerepeteerd, en maken zich dan ook geen zorgen.

'Dus, als je ouders naar je komen luisteren, kost dat taart, begrepen? Dat hebben we wel verdiend na al dat repeteren. Welnu, jongens en meisjes, tot zaterdag!'

Tomi pakt haar viool in. Buiten staat Daan op haar te wachten.

'Ik ken Italiaans,' schept Tomi op terwijl ze naar huis lopen. 'Forte, fortissimo, piano, tutti!' Ze spreekt het uit als een echte Italiaan. 'Als je viool speelt moet je ook Italiaans leren, want anders kun je niet in een orkest spelen.'

Tomi vindt het zelf wel erg interessant klinken.

'Pff, is dat alles. Ik spreek al een aardig woordje Engels,' zegt Daan. 'Als je voetbalt moet je nu eenmaal Engels kunnen praten. Goal, penalty, sliding.'

'Ja, ga een beetje interessant lopen doen,' zegt Tomi.

'Voetballen is gewoon Hollands. Koppen, schoppen, gele kaart.' Daan moet lachen om Tomi. 'Moet je maar niet zo opscheppen over dat Italiaans van je.'
'We geven zaterdag een taartenconcert,' zegt Tomi, die maar gauw van onderwerp verandert.

'Ach, wat jammer nou,' zegt Daan teleurgesteld. 'Ik had graag meegegaan naar dat concert.'
'Wat klets je nou, man. Je kunt toch mee naar het concert!' zegt Tomi verbolgen. Daan doet net of hij Tomi niet begrijpt.

'Je zegt net dat het een taartenconcert is. Taarten zijn van die ouwe wijven, weet je wel. Ouwe taarten! Daar ga ik natuurlijk niet tussen zitten,' zegt hij. Daan ziet Tomi boos worden. 'Da's nou gewoon Hollands,' zegt hij plagerig en zet het op een rennen.

Uitnodiging

'Je kunt vragen of Sophie meegaat naar het concert, maar of ze ja zegt weet ik niet,' zegt Tom. 'Sophie is de laatste tijd niet in orde. Ze wordt erg vergeetachtig.'

'Ze wil vast komen,' weet Tomi heel zeker, 'het is m'n eerste concert.' Ze kan zich een zieke Sophie niet voorstellen. En vergeetachtig, ach wat, iedereen vergeet wel eens wat. Ze zal trots op me zijn.

'Wanneer je haar belt, zeg dan maar dat ik haar op kom halen,' zegt Tom bezorgd.

Tomi draait het nummer van Sophie. Het duurt lang voordat er wordt opgenomen.

'Met Sophie,' klinkt het wat slaperig.

'Ha, Sophie met Tomi. Ik heb zaterdag een concert. Ik wilde vragen of u ook komt?' ratelt Tomi door de telefoon.

Aan de andere kant van de lijn blijft het even stil.

'Sophie, bent u daar nog,' roept Tomi.

'Met wie spreek ik eigenlijk,' vraagt Sophie.

'Met Tomi, Sophie. U spreekt met Tomi. Ik heb zaterdag een concert en ik wilde vragen of u ook komt luisteren,' herhaalt Tomi nog maar eens.

'Is er zaterdag een concert? Daar weet ik niets van. Ik heb geen kaartjes gekocht, hoor. Ik wordt wel vergeetachtig, maar dat weet ik heel zeker.'

'U hoeft ook geen kaartjes te kopen. Het is een taartenconcert. Iedereen die naar binnen wil, moet iets lekkers meenemen,' roept Tomi enthousiast.

'Oh, maar dat is een leuk idee,' Sophie fleurt ineens op. 'Moet ik daar spelen of jij?'

'Ik, Sophie. Ik moet spelen. Gaat u mee om te luisteren?'

'Natuurlijk kind. Wat dacht je, dat wil ik niet missen,' zegt Sophie.

'Dan komt Tom u halen. Is dat goed? Dan hoeft u niet alleen te reizen.'

'Jullie zorgen maar goed voor me. Erg fijn, hoor,' zegt Sophie dankbaar.

'Tot zaterdag dan, dag Sophie!'

'De gesprekken worden er niet gemakkelijker op,' zegt Tom een beetje somber.

'Ze lag te slapen,' verdedigt Tomi Sophie. 'Als jij uit je slaap gebeld wordt, snap je de dingen ook niet. Of wel soms?'

'Oké,' zegt Tom. 'Ik ben blij dat ze wil komen. Ze geniet altijd zo van muziek. Ze zal zeker heel trots op je zijn.'

'Wat denk je', vraagt Tom, 'zal ik mijn beroemde appeltaart maar bakken voor het concert?'

'Ja, lekker,' smult Tomi al bij voorbaat. Appeltaart bakken, daar is Tom heel goed in. Eigenlijk is het een appel-notentaart. Tom heeft het recept zelf verzonnen.

'Je bent een heel goede agent,' prijst Tomi. 'Je bakt lekkere taarten, je gaat Sophie halen. Ja, ik ben echt wel tevreden.'

'Gelukkig maar. Misschien krijg ik wel opslag,' probeert Tom na zoveel complimenten.

'Ja, in zoenen,' zegt Tomi, 'in dikke zoenen.' Ze begint Tom overal te zoenen. Die kan er niet tegen, tegen zoveel zoenen. Hij vlucht de keuken in.

Niet veel later komt er uit de keuken een heel lekkere lucht. Tomi ligt tevreden op de bank naar de televisie te kijken. Toch zijn haar gedachten niet helemaal bij het televisieprogramma. Wat zou er met Sophie gebeuren, als ze echt ziek zou worden? Ze heeft geen kinderen. Eigenlijk heeft ze alleen ons, denkt Tomi. Als je vergeetachtig wordt, zou je dan ook vergeten hoe je viool moet spelen? Vast niet, Sophie heeft heel haar leven viool gespeeld. Dat kun je dan toch niet zomaar vergeten.

Tom komt met een beslagkom uit de keuken. Dat deed hij al toen Tomi nog klein was. Mocht ze lekker met een houten lepel de kom uitlikken.

'Lekker,' geniet Tomi. 'Zeg Tom, als Sophie ziek zou worden, wie zorgt er dan voor haar.'

'Dat weet ik eigenlijk niet,' zegt Tom. 'Dat wordt een heel probleem. Sophie heeft zich destijds laten inschrijven voor een bejaardenhuis. Maar of er dan plaats is als het nodig is, dat weet ik niet.'

'Kun je vergeten hoe je viool moet spelen?' vraagt Tomi.

'Nee hoor, dat vergeet Sophie niet zo gauw. Ze heeft immers haar hele leven viool gespeeld. Maar haar ogen worden slechter, waardoor ze misschien de muziek niet meer kan zien. En je vingers zullen op oudere leeftijd ook wel wat stijver worden,' veronderstelt Tom.

Tomi spreidt haar vingers en beweegt ze heen en weer. Ze wordt er een beetje somber van.

'Ik wil helemaal niet oud worden,' zegt Tomi.

'Nou, daar hoef je niks voor te doen. Dat gaat helemaal vanzelf. En het is niks dat jij oud wordt, maar dan zijn Irma en ik helemaal oud,' lacht Tom. Maar hij lacht toch een beetje als een boer die kiespijn heeft. Daar heeft Tomi nog helemaal niet aan gedacht. Ze kan zich Tom niet voorstellen als een oud mannetje. En Irma…

'Ik wordt daar heel erg verdrietig van,' zegt Tomi somber.

Maar Tom niet, die ziet er de humor wel van in. Hij loopt met kromme benen door de kamer en doet net of hij met een stok loopt.

'Kom op Irma, doe je tanden in,' slist hij. 'Dan gaan we bij Tomi op bezoek.'

'Hè jakkes,' zegt Tomi uit de grond van haar hart. Ze krijgt er tranen van in haar ogen. Als Tom en Irma oud zijn kunnen ze doodgaan. Dan heeft ze niemand meer, net als Sophie.

'Hou maar op,' roept ze tegen Tom, die nog steeds met kromme benen door de kamer loopt. De tranen rollen nu over haar wangen. Ze likt de beslagkom uit en staat op. In de keuken kijkt ze of er nog nootjes en rozijnen over zijn.

Taartenconcert

Het orkest zit al op het podium. Ze stemmen hun viool. In de zaal is het rumoerig. Tomi ziet dat Daan met zijn vader en moeder binnenkomt. Tom en Irma heeft ze nog niet gezien. Zij moeten eerst Sophie ophalen. Tomi wrijft met haar handen over haar broek. Ze heeft zweethanden van de zenuwen. Ze hoopt maar dat alles goed gaat.

Dan ziet ze Tom en Irma binnenkomen. Sophie loopt aan de arm van Irma. Ze zoeken een plekje. Tomi zou wel willen zwaaien, maar dat mag niet van de dirigent. Iedereen lijkt zijn plaats gevonden te hebben.

Het licht in de zaal gaat uit. Op het podium gaat het licht aan. Een mevrouw begint te spreken. Ze vertelt dat alle kinderen in het orkest heel hard gestudeerd hebben en welke stukken er gespeeld gaan worden. Ze bedankt ook alle vioolmeesters en -juffen. Dankzij hen kunnen de kinderen zo'n mooi concert geven. Dan verschijnt de dirigent op het podium. De violiste op de eerste stoel, dat is de concertmeester, gaat staan. Nu gaat het hele orkest staan. Dat hebben ze nog geoefend op de repetitie. De dirigent buigt en de mensen klappen. Hij lijkt helemaal niet zenuwachtig. Als hij met zijn gezicht naar het orkest staat zegt hij zachtjes: 'Allemaal goed je best doen hoor! Je kunt het, dus maak er wat van.'

Tomi voelt dat ze bibbert. Maar dan wordt het stil. De dirigent houdt zijn stokje omhoog. Het concert is begonnen. Terwijl Tomi speelt, zakken de bibbers langzaam weg. Ze heeft alleen nog een droge mond. Maar alles gaat goed, er wordt mooi gespeeld. Het fortissimo, het piano... Aan het eind van het stuk applaudisseren de mensen. Iedereen, alle vaders en moeders, opa's en oma's klappen hun handen blauw. Daan klapt met zijn handen boven zijn hoofd. Die denkt dat hij in het voetbalstadion zit, denkt Tomi.

Tomi is nu helemaal niet zenuwachtig meer. Dit is nog maar het begin. Ze moeten nog veel meer stukken spelen. Ze durft nu ook wat meer de zaal in te kijken terwijl de mevrouw het volgende stuk aankondigt.

'Let op,' zegt de dirigent, 'dit stuk spelen we heel snel. Dan kunnen we eerder aan de taart beginnen.' Hij likt zijn lippen af. De kinderen lachen. De dirigent draait zich om naar het publiek. 'Nu denkt u wellicht, waarom zitten die orkestleden zo te lachen. Maar we gaan nu een heel snel stuk spelen. Dat doen we omdat we dan lekker wat eerder taart kunnen gaan eten.' De mensen in de zaal worden helemaal enthousiast en ze klappen het stuk mee. 'Die hebben ook trek in taart,' zegt de dirigent nog net voordat hij buigt.

'Dan speelt het orkest nu het laatste stuk voor u. Na afloop is er koffie en voor de kinderen limonade. Uiteraard zijn er de al veel geroemde taarten en ander lekkers. We hopen na afloop nog op een gezellig samenzijn,' zegt de mevrouw bij de microfoon.

'Jongens, kom op en in marstempo,' roept de dirigent. 'Daarna in datzelfde tempo op naar de taart. Want jullie verdienen het. Je hebt heel mooi gespeeld. Complimenten hoor!'

Nadat de mars gespeeld is, staat Sophie als eerste op en ook de rest van het publiek gaat nu staan. De mensen blijven maar klappen. Tomi ziet hoe Sophie naar voren komt. Wat gaat die nou doen? De dirigent bukt zich. Sophie zegt iets en geeft hem een boeket bloemen. Ze wenkt naar

Tomi. Tomi krijgt er een kleur van. Ze staat op en loopt naar voren. Sophie overhandigt haar een roos. Nu gaan de mensen nog harder klappen. Tomi buigt en gaat weer gauw bij haar stoel staan. Ze heeft tranen in haar ogen. Het is zo lief van Sophie om daaraan te denken. Vergeetachtig? Nou, helemaal niet, denkt Tomi.

'Sapperloot,' zegt de dirigent, 'die hebben blijkbaar geen trek in taart. Die willen een toegift. Kom, we doen dat laatste nummer nogmaals en fortissimo!!'

De orkestleden gaan weer zitten en spelen het marsnummer nog een keer. Als de laatste noot heeft geklonken en de mensen weer gaan klappen, zegt de dirigent: 'Kom op, eerst instrumenten opbergen en dan op naar de taart!' Je kan zo wel aan zijn gezicht zien dat hij stikt van de honger, denkt Tomi.

Tomi ontspant de strijkstok en doet haar viool in de koffer. Ze heeft zo'n blij en opgelucht gevoel. Alle spanning is verdwenen. Ze gaat nu Sophie opzoeken. Die lieve, lieve Sophie. 'Je speelt nooit voor de kat z'n viool, er is altijd wel iemand die luistert. Vecht voor elke noot!' Tomi hoort vaak de stem van Sophie. Altijd als ze speelt moet ze er aan denken. Haar stem maakt dat ze mooier speelt. Dat weet Tomi heel zeker. Haar vioolkoffer laat ze in de kleedkamer staan, maar de roos neemt ze mee.

Onderweg komt ze Daan tegen. Hij heeft al een gevulde koek in zijn hand.

'Lekker concert,' zegt hij met volle mond. 'Je hebt mooi gespeeld. Zo vind ik een viool wel mooi. Met een heleboel tegelijk, bedoel ik.'

'Gelukkig maar,' zegt Tomi, 'want als je niet gekomen was, had je nu ook geen gevulde koek.'

'Wil je nu weer met me gaan?' vraagt Daan voorzichtig.

Hij kijkt om zich heen of niemand het heeft gehoord.

'Waarom?' vraagt Tomi verbaasd.

'Omdat ik viool nou toch wel mooi vind, daarom,' zegt Daan die mooi gebruik maakt van Tomi's goeie bui.

'Goed,' zegt Tomi, 'maar als ik merk dat je ooit m'n viool in het vuur wilt gooien, dan trouw je maar mooi met een ander. Waar zijn mijn vader en moeder en Sophie?'

'Mijn vader en moeder zitten bij jouw ouders,' zegt Daan opgelucht. Hij wijst. 'M'n vader is gek op slagroomtaart. Sophie zit met de dirigent te praten. Die vergeet helemaal te snoepen.'

Tomi loopt naar Sophie.

'Vroeger was er geen geld om een instrument te kopen. Het is dan ook een bijzonderheid dat ik als jong meisje toch al viool speelde. Dat is zo mooi van nu, van deze tijd. Iedereen kan doen wat hij wil. Er is geld om een instrument te kopen. Tegenwoordig kun je zelfs een viool huren. Prachtig toch! Vooral het samenspelen in een orkest is zo belangrijk voor je ontwikkeling. Dat overkwam mij pas toen ik volwassen was. Eigenlijk pas nadat mijn man overleed. Hij hield niet van het instrument. Ikzelf heb geen kinderen en ben daarom dubbel trots op Tomi. Echt meneer, zij is mijn oogappel! Ik zie mezelf een beetje in haar terug.'

De dirigent knipoogt naar Tomi. 'Je tante is beretrots op je. Ze vergeet daardoor zelfs dat je vader van die lekkere appeltaart heeft gebakken. Ga maar een stukje voor haar halen, voordat het op is.' De dirigent weet natuurlijk niet dat sommige oude mensen vergeetachtig worden. Zelfs als het om taart gaat.

Tomi loopt naar de tafel met gebak. Ze snijdt er twee stukjes af. Haar hele lijf voelt blij. Niet alleen omdat ze een mooi concert hebben gegeven. Ze is blij om Daan en blij omdat Sophie helemaal niet zo vergeetachtig is als het lijkt. Ze is gewoon alleen maar oud. Mag het, alleen maar oud zijn?

Orde

Tomi staat voor de spiegel. Ze is net onder de douche geweest en kamt nu haar natte haren. Plotseling zakt haar arm naar beneden. De kam rolt uit haar hand. Ze gaat nog wat dichter bij de spiegel staan en doet haar hoofd iets achterover. Vol verbazing kijkt ze naar haar hals. Daar zit, aan de linkerkant, een kleine bruine plek met in het midden een putje. Met haar vinger wrijft ze er voorzichtig overheen. Haar hart maakt een sprongetje. Het was haar nog niet eerder opgevallen. Blijkbaar is ze toegelaten tot de orde van de stevig studerende. Het bewijs daarvan zit in haar hals.

De coltrui die op haar stoel klaarligt, bergt ze direct weer op in haar kast. Ze trekt een andere trui aan. Het geheimzinnige teken mag immers gezien worden. Het plekje is nog wel niet zo bruin als van Sophie en haar viooljuf, maar het begin is er. Ik hoor erbij, denkt ze trots.

Op school gekomen zegt de meester: 'Jullie zitten nu in groep 8. Binnenkort gaan jullie van school af en verder studeren. Maar weten jullie eigenlijk wel wat je gaat studeren? Weten jullie wat je later wilt worden?' Alle kinderen beginnen door elkaar te praten. Het is een herrie in de klas. Niemand let op de meester. De meester zwaait met zijn armen om de kinderen in zijn klas stil te krijgen.

'Sodeknetter,' roept hij boven al het gekrakeel uit, 'het lijkt wel een kippenhok.' Hij slaat met zijn vlakke hand op tafel. 'Kan het stil zijn?!' Het helpt allemaal niets.
Alleen Houcine zegt niets, maar steekt zijn vinger omhoog. Hij is er zelfs bij gaan staan. Hij wil graag iets tegen de meester zeggen, dat zie je zo.

De meester draait zich om en schrijft met grote stevige letters op het bord: Stilte!! Als hij zich weer omdraait wordt het eindelijk stil.

'Oef,' zegt de meester, 'wat een vak heb ik toch. Daar kies je toch niet voor. Dat is echt een ondoordachte daad.'

'Meester,' roept Houcine nog steeds met zijn vinger omhoog, 'ik wil graag vertellen wat ik later wil worden.'

'Zo hoort het. Gewoon eerst je vinger opsteken als je wat wilt zeggen. Ga je gang Houcine.'

'Ik wil later baas worden,' zegt Houcine met een ernstig gezicht. De kinderen beginnen allemaal te lachen. Weer is het een knetterherrie in de klas.

'Ja, ho, blijven jullie zo? Wat valt daar om te lachen?' De meester vindt baas zijn best een goed idee. 'Soms droom ik ervan om de baas van een hele klas met kinderen te zijn,' zegt hij dromerig.

'M'n vader zegt dat je in Nederland alleen veel geld kan verdienen als je baas bent,' zegt Houcine.

'Baas van wat?' vraagt de meester.

'Ik wil baas van een vliegtuigfabriek worden,' zegt Houcine, 'dan kan mijn familie uit Marokko naar Nederland komen met het vliegtuig. Want ik ben dan de baas over het vliegtuig.'

'Joh, gek, dat kan helemaal niet,' weet Tomi, 'dat vindt de regering niet goed. Je mag hier alleen maar komen als je werk hebt.'

Maar Houcine heeft zijn plannetje al klaar. 'Mijn familie laat ik allemaal in de vliegtuigfabriek werken. Mijn vader heeft nu ook werk. Hij werkt in een schoonmaakbedrijf. Maar hij is geen baas. In mijn fabriek wordt hij baas.'

'Denk je dat het zo gaat?' vraagt de meester.

Houcine wordt er een beetje verlegen van. 'Ik denk het niet, meester. Maar ik wil het zo graag, dat mijn vader baas wordt.'

'Toch is er wel een mogelijkheid, hoor,' zegt de meester. 'Als jij goed leert en mooie cijfers haalt, kun je een eigen bedrijf beginnen. Je vader zou dan in jouw bedrijf kunnen werken.' Houcine glimt helemaal. De meester snapt hem tenminste.

Nu steekt Tomi haar vinger op. 'Meester, ik wil wat laten zien.' Ze loopt naar de meester toe en wijst in haar hals.

'Zo kanonnenpukkel, die nek mag je wel eens wassen,' zegt de meester met een vies gezicht. Hij kijkt wat viezig naar het bruine plekje in Tomi's hals.

'Dat is niet vies,' verdedigt Tomi zich. 'Dit is het teken dat ik ben toegetreden tot de orde van de stevig studerende.'

De meester kijkt haar verbaasd aan. 'De wat...?'

'De orde van de stevig studerende,' herhaalt Tomi geduldig. 'Ik wordt later violiste. Alleen violisten die zijn toegetreden tot de orde kunnen beroeps worden. De orde is eigenlijk geheim, zegt Sophie. De mensen die zo'n plekje hebben praten er niet over. Ze zien het van elkaar en denken: die is van dezelfde orde.'

'Net als heksen,' weet Jelle, die een boek van Roald Dahl heeft gelezen. 'Heksen weten ook van elkaar dat ze heks zijn. Maar dat zeggen ze ook niet hardop.'

'Ja, zoiets,' zegt Tomi die het verhaal van de heksen wel interessant vindt.

'Meester,' roept Daan. ' Ik wil later voetballer worden en een hele goeie ook. Soms ben ik ook van een orde.'

'Hi, hi,' giechelt Tomi, 'de orde van de vechtende voetballers zeker. Joh, bij voetbal bestaat er geen orde!'

'O, nee? O, nee?' roept Daan beledigd. 'Wat weet jij er nou van. Onze trainer zegt altijd: Orde, rust en netheid!'

Iedereen in de klas begint te lachen. Ze roepen allemaal iets naar Daan. En weer is het een herrie in de klas. De meester kijkt er ongelukkig van. 'Ik wou dat ik er ook een beetje van had. Van orde bedoel ik,' mompelt hij.

Vergeetachtig

De telefoon gaat. Tomi rent er naar toe om hem op te nemen. Ze is altijd vreselijk nieuwsgierig.

'Laat maar, ik neem hem wel,' roept Tom. Tomi gaat tegenover Tom zitten. Wie zou het zijn?

'Ja, dat klopt. Nee, weinig naaste familie. Ze wist ons nummer?' Tom trekt een ernstig gezicht. Het is geen leuk telefoontje, dat zie je zo, denkt Tomi. Ze gaat naast Tom zitten.

'Mmm mmzzmzzt,' hoort ze naast zich.

'Maar u heeft wel enige vorm van opvang? O, een logeerkamer. Maar hoe lang kan ze daar gebruik van maken?'

'Zzzzzmz mzzm zzz,', zegt de stem aan de telefoon. 'Zzzzm mzm zmzz zzmmm.'

Tomi legt haar hoofd bijna tegen de telefoon. Het is een mannenstem. Maar wie moet er nu op een logeerkamer?

'Ik zal vanavond nog wat spulletjes komen brengen. Ja, wat kleding, ja uiteraard. Nee, daar kunt van op aan. Tot vanavond.'

Tom legt de telefoon neer. Tomi is razend nieuwsgierig, maar ze ziet dat Tom helemaal niet vrolijk is. Hij maakt zich zorgen, dat kun je zo wel zien. Het lijkt wel of hij Tomi helemaal niet hoort. Tomi schudt aan zijn arm. 'Zeg nou is wat. Wie moet er op een logeerkamer?'

'Sophie, het is niet goed met Sophie. Ze is boodschappen gaan doen en kon toen haar huis niet meer vinden. Mensen hebben haar opgevangen. En later is ze via een arts naar een bejaardenhuis gebracht. Daar hebben ze een logeerkamer voor haar in orde gebracht. Daar kan ze voorlopig een paar weken blijven tot er een oplossing is gevonden.'

'Misschien was ze gewoon ver van huis voor die boodschappen. Als je ergens vreemd bent, kun je toch niet zomaar de weg terug weten,' oppert Tomi. Ze voelt zich onrustig worden. 'Je gaat iemand toch niet gelijk opsluiten omdat ze de weg even niet weet.' Tomi voelt haar tranen opkomen.

'Opsluiten?' zegt Tom. 'Ja hallo, ze zit in een kamer van een bejaardenhuis hoor. Ze is gewoon wat in de war. Ik ga vanavond even naar haar toe om wat kleding te brengen.'

'En haar viool en wat muziek...' zegt Tomi. 'Dat is wel belangrijk hoor, dat Sophie haar viool daar heeft.'

'Nou, ik denk het niet,' weet Tom heel zeker. 'Die komt daar heus niet aan spelen toe. Ze heeft vast geen benul om er op te letten. Voor je het weet is hij weg.'

Tomi's ogen spuiten nu tranen. Het lijkt de zee wel. Niet te stoppen. Ze heeft een vreemd gevoel in haar maag. Straks moet ze nog overgeven. Ze rent daarom maar weg. In de gang roept ze nog: 'Je weet er helemaal niks van. Sophie wordt heel onrustig als ze haar viool niet bij zich heeft. Ze is veel te bang dat iemand haar viool verbrandt... Niks, niks, niks weet je van Sophie....!'

Op de trap begint het grote snikken. Ze moet gewoon even gaan zitten. Die arme Sophie opgesloten in zo'n vreemde logeerkamer zonder viool. Tomi's hart bonkt als een trommel. Ze wrijft met haar mouw langs haar gezicht. Jakkes, nou zit al het snot aan haar trui. Ze loopt naar de wc en veegt haar gezicht af met toiletpapier. Ze heeft rare ogen van het huilen.

Ze besluit om naar buiten te gaan, even wat frisse lucht. Als ze buiten komt ziet ze Sjakie. Hij is meubels aan het uitladen.

'Ha, wijfie. Als je niks te doen heb, heb ik nog wel effe wat werk voor je,' roept hij naar Tomi. Tomi slentert naar de vrachtwagen. Sjakie kijkt haar aan. 'Nou, je barst ook niet van enthousiasme,' constateert hij. 'As je geen zin heb, ook goed. Slijten trouwens je zolen van, van dat geslof bedoel ik.'

'Wie zegt nou dat ik geen zin heb,' zegt Tomi humeurig. Ze pakt een eetkamerstoel uit de auto en loopt er mee naar binnen. Sjakie kijkt nog eens naar Tomi. Zeker weer ruzie met die vrijer van d'r.

'Volgens mij heb jij gejankt...' raadt Sjakie. 'Vertel maar op, misschien ken ik het oplossen. Je weet het zo maar niet. Soms mot je wel eens effe anders naar de dingen kijken. Dan ken het zo maar in ene opgelost zijn.'

Tomi gaat op de stoel zitten die ze net heeft binnengebracht. Ze zet haar ellebogen op tafel en steunt met haar hoofd in haar handen. Ze is bang dat, als ze gaat vertellen, ze weer moet janken. Sjakie is tegenover haar gaan zitten.

Tomi houdt haar handen voor haar ogen. Sjakie hoeft de volgende sloot tranen niet te zien.

'Je weet toch dat ik een tante heb die viool speelt. Nou, die is een beetje de weg kwijtgeraakt en nou hebben ze haar opgesloten op een logeerkamer van een bejaardenhuis.' Onder haar handen door druppen de tranen op Sjakies bijna-antieke tafel.

'Hé, hou is effe op. Al dat gejank, ik heb ook maar een klein hartje. Haal die handen is voor je gezicht vandaan. Zo ken ik geen gesprek voeren. As-ie de weg kwijt ben,'

Sjakie wijst op zijn voorhoofd, 'is het toch logisch dat ze je effe van de straat halen.'

'Ja, maar Sophie is niet getikt. Ze is alleen vergeetachtig. Toen ze boodschappen ging doen, is ze de weg kwijtgeraakt. En nu zit ze opgesloten. M'n vader gaat vanavond wat kleding brengen. Maar haar viool wil hij niet meenemen.'

'Zeg, jij doet alsof ze in de gevangenis is terechtgekomen. 't Is een bejaardenhuis, hoor. Daar worden die ouwe mensen in de watte gelegd. Koppie koffie op z'n tijd, een borreltje, kaartje leggen, middagslapie, beetje ouwehoeren met elkaar. Joh, ik ken niet wachte tot ik oud word,' zegt Sjakie verlekkerd.

Tomi kijkt verbaasd naar Sjakie. 'Zou je dat willen?'
'Ja, nou effe nog niet. Maar later … ja hoor, daar ken ik naar uitzien.'
'Volgens mij lieg je, zeg je dat om mij te troosten,' zegt Tomi vol ongeloof. Niemand wil immers opgesloten zitten. En Sjakie zeker niet, dat weet Tomi heel zeker.

'Ik zal jou is es iets vertellen. Ik maak het dagelijks mee dat ouwe mensen naar een bejaardenhuis gaan. Ze willen dan van al die grote ouwe meubels af en dan bellen ze mij. Die mensen zijn dan zielsgelukkig dat ze in dat bejaardenhuis alleen nog maar de zorgen hebben van één zo'n kamertje. Ze hoeven zo'n groot huis niet meer schoon te houden. Niet meer zelf te koken. Worden ze een beetje onhandig, dan worden ze in bad gestopt. Het kon wel eens zo zijn dat die Sophie van jou gewoon is weggelopen. Da's gewoon een slimmerd. Die dacht, ik ben er aan toe. En als er geen plaats voor me is, ben ik gewoon de weg effe kwijt. Dan maar geen viool…'
Tomi moet plotseling vreselijk lachen.

'Wat is dat nou voor een achterlijk verhaal,' huilt en lacht ze tegelijk. 'Dan ken je Sophie niet. Die is heel erg op haar vrijheid. Toen haar man doodging begon zij pas te leven. Die man hield niet van viool en wilde hem in de kachel verbranden… Ze nam haar viool overal mee naar toe, bang dat er wat mee zou gebeuren. Ze kan haar instrument niet missen.'

'Is dat zo? Wat een etterbak,' zegt Sjakie meelevend. 'Dan heb dat vrouwtje wel wat meegemaakt. Weet je wat jij moet doen? Gewoon effe afwachten tot je vader daar vanavond geweest is. Ze zit daar misschien wel helemaal op te fleuren in die logeerkamer. Gebakken aardappeltjes, biefstukkie, koppie koffie, beetje tv. Weet jij veel…' Tomi lacht. Sjakie kan het allemaal leuk vertellen.

'Kijk es aan,' zegt hij, 'je straalt weer. Zo mag ik het zien. Sommige zaken mot je gewoon van twee kanten bekijken. Dan ken het er zomaar in ene heel anders uitzien. Al die ellende bedoel ik.'

Leeg

Irma heeft op de slaapkamer van Sophie twee kleine fauteuiltjes gevonden. Ze zet ze in de huiskamer.

'Wat denk je, zouden we deze kwijt kunnen op de kamer van Sophie?' Irma kijkt van een afstandje. 'Of zijn ze nog te groot? Het moet toch mogelijk zijn om er een gezellig zithoekje van te maken.'

Tom kijkt bedenkelijk. 'Je moet er rekening mee houden dat haar bed ook in die kamer staat. Daarnaast moet ze toch ook fatsoenlijk aan een tafel kunnen eten. Als je het me heel eerlijk vraagt, denk ik dat één zo'n stoeltje voldoende is.'

'Mag ik ook wat zeggen?' vraagt Tomi die wat ongemakkelijk onderuit hangt. 'Wil je daar een oud mens in zetten, in die stomme stoeltjes? Sophie moet er natuurlijk wel gemakkelijk in zitten.'

'Je hebt gelijk,' zegt Irma die direct in het stoeltje ploft. 'Nee inderdaad, daar kun je geen hele avond in zitten. Maar wat dan?' Ze kijkt de kamer van Sophie rond, die vol met enorm grote meubelen staat. 'Eigenlijk is er geen meubelstuk dat op dat piepkleine kamertje gezet kan worden. Ik denk dat we uit de verkoop van deze meubelen maar gewoon passende meubeltjes voor haar moeten kopen.'

Tomi zegt helemaal niets meer. Ze wordt er tamelijk verdrietig van om alles waar Sophie van hield, weg te moeten doen. In haar hoofd is het net zo leeg als in dit grote huis straks.

Tomi kijkt naar het fototafeltje. 'Zal ik de fotolijstjes in een doos doen?' Voorzichtig pakt ze de foto's één voor één in toiletpapier. Vergeelde foto's in een ouderwetse twee-

linglijst. Vast de vader en de moeder van Sophie, denkt Tomi. Ze kijkt er nog eens goed naar. Sophie lijkt op haar moeder. Die moeder is ook een deftige vrouw, net als Sophie. Ook de foto van Nelis pakt ze zorgvuldig in.

Bij de volgende foto moet Tomi even slikken. Dat is Sophie toen ze een jong meisje was. Ze heeft zich laten fotograferen met haar viool. Haar kleding is ouderwets, je kunt zo wel zien dat het een tijd geleden is. Ze heeft hoge rijglaarsjes aan. In haar haar heeft ze een strik, evenals aan de voorkant van haar jurk. Naast haar staat een hoog plantentafeltje met een bosje bloemen. Op de achtergrond hoge ramen met zware ouderwetse gordijnen.

'Kijk eens,' zegt Tomi tegen Tom en Irma. 'Mooi hè?' Tom pakt de foto van Tomi aan. 'Die is vast bij een fotograaf genomen. Ze is daar een jonge trotse vrouw. Bijzonder, want zoveel geld was er vroeger niet. Zeker niet om bij een fotograaf foto's van jezelf te laten maken. Sophie kennende zal ze daar zelf wel voor gespaard hebben.'

Tomi legt de foto voorzichtig bij de anderen. Ze kijkt om zich heen. Straks komt Sjakie om de meeste meubels mee te nemen. Alle kasten zijn leeg. Het meeste zit in vuilniszakken. De spullen van waarde hebben Tom en Irma in dozen gestopt.

'Ik denk niet dat Sjakie alles in één keer mee zal kunnen nemen,' zegt Tom somber. 'Tsjonge, wat een hoeveelheid kan een mens door de jaren heen vergaren.' 'Ja. Die zal wel een paar keer moeten rijden,' veronderstelt Irma. 'Weet je, we blijven gewoon hier. Ik wil het maar zo snel mogelijk afhandelen. Wanneer we honger krijgen halen we wel een pizza. Laten we maar beginnen om de andere kamers zoveel mogelijk leeg te maken. Dan is het voor Sjakie straks gemakkelijker om het mee te nemen.'

128

Irma loopt bedrijvig heen en weer, terwijl Tom met zware spullen sjouwt. 'En dat voor een eenvoudige huisman,' steunt Tom.

Tomi pakt de viool van Sophie. Ze stemt hem en probeert er op te spelen. Het is een gek gevoel, zo'n hele viool. Ze kijkt of er een vioolbouwer in staat. Het is moeilijk te lezen. Ze gaat er mee bij het raam staan. Jean Baptist Colin, leest ze. Gebouwd in 1903. Tomi legt het instrument in de koffer. Ze ontspant de strijkstok en bergt hem op. De vioolkoffer zet ze naast de doos met fotolijstjes. Ze vouwt de muziekstandaard in en pakt de muziekboeken. Moeilijke muziek, zover ben ik nog lang niet, denkt Tomi. De muziek legt ze in de doos.

Nu is het wachten op Sjakie. Tomi gaat met haar ogen dicht op de bank liggen. Ze heeft een heel goed plannetje bedacht.

Nu Sjakie toch een paar keer heen en weer moet rijden, kan hij best even bij Sophie langs. Ze neemt dan de fotolijstjes, de viool en de muziek voor haar mee. Ze vindt het zelf een knettergoed idee, maar ze weet dat Tom niet wil dat de viool naar het bejaardenhuis gaat. Toch besluit ze een poging te wagen.

Tom ploft naast haar op de bank. Hij is moe van al dat zware gesjouw. Tomi komt overeind. Ze gaat met haar handen in haar zij, een beetje stoer voor hem staan. Dat helpt soms als je wat wilt bereiken.

'Dat daar,' Tomi wijst op de doos en de viool, 'breng ik straks naar Sophie.' Ze wacht geduldig op het protest dat komen gaat. Tom ligt achterover met zijn ogen dicht. Hij kijkt niet eens naar wat ze aanwijst. Die is helemaal niet gewend om te sjouwen, dat zie je zo.

'Hoor je me?' vraagt ze daarom nog maar eens.

'Ja,' geeuwt Tom. 'De vraag is alleen, hoe kom je daar?' Hij heeft zijn ogen nog steeds stijf dicht.

'Ik rij gewoon met Sjakie mee. Die zet mij op de heenweg bij Sophie af en op de terugweg haalt hij me weer op.' Tomi's stem klinkt triomfantelijk. Je moet er maar opkomen, op zo'n goed idee bedoel ik.

Tom geeuwt nogmaals. 'Je bent een slim kind... Dat ben je...' Hij snurkt plotseling dat het een lieve lust is.

Sophie

'Zo, we kenne gaan,' zegt Sjakie, nadat hij een groot deel van de meubelen in de auto heeft gezet. 'Voller ken die niet.'

'Dit moet ook nog mee,' zegt Tomi. Ze wijst op de doos en de viool. Tomi kijkt stiekem naar Irma terwijl ze het zegt. Maar Irma weet niets van de viool. Tom heeft er blijkbaar niets over gezegd. Ze voelt zich wel een beetje schuldig. Maar ze doet het voor Sophie. Sophie zonder haar viool, dat kan gewoon niet.

'Heb je het adres en het kamernummer?' vraagt Irma. Ze schrijft het op een papiertje voor Sjakie. Voordat ze weggaan kijkt Tomi nog even om de hoek van de kamer naar Tom.

'Ha, ha, de schone slaper,' zegt Sjakie. 'Allemachtig, wat ken die vent snurken.'

Sjakie stuurt even later de vrachtwagen behendig door het drukke stadsverkeer.

'Help je me zo even om die spullen naar binnen te brengen?' vraagt Tomi.

'Twee van die pakkies? Ken je dat zelf niet?' moppert Sjakie. 'Mot ik wel een parkeerplaats zoeken.'

'Dat doe je toch wel voor mij?' vraagt Tomi met haar liefste gezicht.

'Oh jé, 't zwakke geslacht. Nou die vrijer van jou krijgt nog wat te stellen.'

Sjakie parkeert de vrachtwagen recht voor de deur op een uitlaadplaats. Tomi pakt de viool en Sjakie de doos. Bij de balie vragen ze naar de verdieping waar Sophie logeert. Sophie woont op de derde verdieping.

'We nemen de lift,' besluit Sjakie. Maar dat had hij beter niet kunnen zeggen. De lift gaat van de vierde verdieping naar de tweede en van de tweede naar de derde en van de derde naar de vierde en van de vierde naar...
'Zo, je zal haast hebben,' moppert Sjakie.

Een oude mevrouw met een stok zegt: 'U kunt beter de trap nemen. Het is theetijd. Het restaurant is op de tweede etage, dus de lift heeft het druk.'
'Nou bedankt voor de tip. U gaat zeker geen thee drinken?', veronderstelt Sjakie.
'Ja hoor,' zegt de mevrouw, 'maar ik kan met m'n ouwe benen de trap niet meer op.'
Ze tikt met haar wandelstok op Sjakies schouder. 'Ik wacht gewoon geduldig op de lift, jongeman. Wij hebben hier geen haast.'
'Caramba, ken d'r thee vast afkoelen,' zegt Sjakie. 'Eer die boven is, bedoel ik.'
Tomi krijgt de slappe lach. 'Je kon toch niet wachten om naar een bejaardenhuis te gaan?'
'Nou met een bel op m'n wandelstok en motortje op m'n rollator wil ik er over denken,' grapt Sjakie.
Ze zoeken naar het trappenhuis.

'Kamer 320,' leest Sjakie op het papiertje. 'Da's hier.' Hij zet de doos op de gang. 'Zo, jij vindt het verder wel hè? Tot over een uur, ajuu!'
Naast de deur zit een bel. Tomi drukt er op. Ze luistert, maar achter de deur is geen geluid. Ze belt nog een keer en voelt tegelijkertijd aan de deurknop. De deur is open. Tomi aarzelt. Kan ze nu zomaar bij Sophie binnenstappen? Ze kijkt voorzichtig om het hoekje. Daar zit Sophie op een stoel. Tomi krijgt er tranen van in haar ogen. De anders zo levendige Sophie staart voor zich uit als een

klein ziek vogeltje. Haar handen liggen stil in haar schoot.

'Sophie,' roept Tomi zachtjes. Ze doet de deur achter zich dicht. 'Hallo Sophie, ik ben het Tomi.'

Sophie kijkt blij verschrikt op. 'Tomi, Tomi ben jij het? Oh kind, wat ben ik blij dat je er bent. Ik ben zo ongerust.' Ze staat op en omhelst Tomi.

'Ik heb uw viool meegenomen,' zegt ze als ze weer los is uit Sophies armen. Nu begint Sophie zowaar te huilen.

'Wat een geluk. Wat ben ik blij! Ik was zo ongerust. Geen dag, maar dan ook geen dag heb ik kunnen studeren. Ze hebben me hier in dit hotel gezet, omdat ik morgen een concert heb. Ik heb het nog aan het kamermeisje gevraagd, of mijn viool soms bij mijn bagage lag. Maar ze wist van niets. Beneden aan de balie hebben ze nog naar jullie gebeld, maar kregen geen gehoor.'

Tomi aait over de arm van Sophie. Ze wilde zeggen dat ze in haar huis bezig waren, maar slikt het gauw in.

'Gelukkig dan maar dat ik aan u gedacht heb,' zegt Tomi. Ze overhandigt de vioolkoffer aan Sophie. 'Op de gang heb ik nog een doos staan. Met muziek en uw fotolijstjes.' Tomi schuift de doos naar binnen. Ze kijkt om zich heen. De kamer is ongezellig gemeubileerd. 'Gaat u maar zitten,' zegt ze bezorgd. 'Dan pak ik de doos wel uit. Moet u maar zeggen waar we de foto's zullen neerzetten.'

Sophie gaat gehoorzaam op een stoel zitten. Ze blijft maar zeggen hoe blij ze is en hoe ongerust. Tomi doet maar net of ze het niet hoort. 'Deze, zijn dat uw vader en moeder?'

Sophie strekt haar armen uit en pakt de dubbele lijst. 'Dat zijn mijn lieve ouders. Daar heb ik veel aan te danken. Zet maar op dat kastje. Zo'n hotelkamer is zo ongezellig, hè. Wanneer je er wat langer moet verblijven, moet je er zelf maar een persoonlijk tintje aan geven.'

'Ha, hier hebben we Nelis,' roept Tomi triomfantelijk. 'Da's m'n man,' fluistert Sophie. 'Hij is er nog niet, maar hij kan elk ogenblik hier zijn.' Ze wordt wat onrustig en loopt naar het raam. Ze kijkt de straat uit. 'Kijk daar, met die hoed. Daar zal je hem hebben. Als hij nu zijn nette kostuum maar bij zich heeft. Zwart, dat is zo'n gepaste kleur…'

'Hij hield toch niet van viool?' vraagt Tomi voorzichtig.

'Oh nee. Hij vond het verschrikkelijk, haten deed hij het. Haten..!' Sophie gilt.

Ze raakt er helemaal van overstuur. Tomi slaat een arm om Sophie heen. Dom, ze had dat niet moeten zeggen. Sophie is al zo in de war.

'Nelis is toch gestorven?' fluistert Tomi in haar oor. Sophie wordt weer rustig. 'Ja, gelukkig wel. Hij was niet ontwikkeld, hij kon het niet helpen. Ik heb het hem vergeven.'

O jee, denkt Tomi. Daar heb je het weer. Vergeven bedoel ik. Misschien is Sophie ook wel christelijk.

'Elke dag bid ik nog voor hem,' zegt Sophie.

'Ja', zegt Tomi nuchter, 'en dat helpt. Want wie applaudisseert er nou nog als ie al dood is.'

'Ja, ja,' zucht Sophie.

Als de doos leeg is zet Tomi de muziekstandaard uit. Het muziekboek zet ze open op de standaard. Ze haalt de viool uit de koffer en geeft hem aan Sophie. Sophie glimt helemaal. 'Morgen is het concert. Je komt toch ook? Ik was zo ongerust. Overal in het hotel heb ik gezocht naar mijn viool. Maar telkens brachten ze me terug naar mijn kamer. Die meneer van de balie werd zelfs kwaad op me. Ze weten niet hoe ik me voel… Zo ongerust, zo verschrikkelijk ongerust…'

Ze legt de viool op tafel. Haar handen rusten op de snaren. Tomi gaat naast haar zitten en legt haar hoofd tegen Sophies arm. Ze wordt nu helemaal rustig. 'Morgen, zegt Sophie, 'morgen gaat het gebeuren. Mijn droomconcert.'

'Ik ben wel niet christelijk,' fluistert Tomi, 'maar ik zal bidden naar die god van u dat alles goed gaat. Want er is altijd wel iemand die naar je luistert.'

Boos

Tom en Irma mogen, nadat Sjakie de laatste meubels heeft ingeladen, mee terug naar huis rijden. Tom en Irma zitten naast Sjakie met Tomi tussenin. Het gaat allemaal net. Tomi zegt niet veel. Ze heeft een ontzettende ruzie met Tom gekregen. Die viool had nooit naar Sophie gemogen. Het instrument is veel te duur en wie weet wat er mee gebeurt. Tom heeft wel tien minuten lopen schelden. Niet alleen op Tomi, maar ook op Irma. Die had toch wel gezien dat Tomi die viool meenam.

Al die tijd heeft Tomi niets gezegd. Ze weet heel zeker dat het goed is dat de viool bij Sophie terug is. Haar leven lang heeft ze over het instrument moeten waken, zodat er niets mee zou gebeuren. Nu is ze oud en dan mag haar viool, het liefste wat ze heeft, plotseling niet bij haar zijn. Tomi voelt zich niet schuldig meer. Het geeft haar zelfs een tevreden gevoel.

'Lekkere luidruchtige familie zijn jullie,' zegt Sjakie. Hij kijkt naar Tomi en knipoogt naar haar. Hij was erbij toen Tom kwaad op haar werd.

'We zijn moe,' zegt Tom, 'en daarom ook een beetje chagrijnig. En wat Tomi gedaan heeft, kan echt niet.'

'Welja, zeg het nog een keer,' zegt Tomi gepikeerd. 'Al die tijd heb ik niets mogen zeggen. Nou moet je ook maar eens naar mij luisteren.'

Tomi vertelt het verhaal van Nelis die Sophies viool in het vuur wilde gooien. En naar Sophies verlangen om mooie muziek te maken en dat alleen kon doen als Nelis aan het werk was.

Tom en Irma luisteren met verbazing.

'Dat ze dat aan jou heeft verteld,' zegt Irma verwonderd. 'Zoiets vertel je toch niet aan een kind.'

'Aan mij wel,' zegt Tomi. 'Ze weet dat ik veel om haar geef. Omdat haar viool zoek was, is ze heel erg ongerust geworden. De meneer bij de balie is zelfs boos op haar geworden, omdat ze tot 's avonds laat door het tehuis heeft gezworven om haar viool te zoeken. Ze denkt dat ze in een hotel zit en noemt de verpleegster een kamermeisje. Nu ze haar viool weer terug heeft, is ze heel rustig.'

Over het concert dat ze morgen denkt te geven, zegt Tomi niets. Als je tot dezelfde geheime orde behoort, praat je daar niet over. Had Sophie het niet over een droomconcert. Soms kun je ook dromen dat je een concert geeft. Je droomt van een luxe hotel met veel kamermeisjes. Mooie jurken, prachtige sieraden. Je droomt allemaal mooie muziek bij elkaar, mooi vioolspel, een volle zaal en applaus. Daar op de voorste rij zit Daan. Hij ziet er mooi uit. Daan komt naar haar toe, hij lacht. Tomi lacht terug. Het lijkt wel alsof ze op de wolken lopen. Daan steekt zijn hand naar haar uit en…'

'Wakker worden!' roept Sjakie. 'Je leg te lachen in je slaap. Ken je zo wel zien dat je van mij droomde.'

Tomi schrikt wakker. 'Zijn we er al?'

Ze kijkt verbaasd om zich heen. Ze is tegen Tom en Irma aan in slaap gevallen. Jammer, zo'n ritje in de cabine van de vrachtwagen is juist zo leuk. Nu heeft ze er niets van gezien.

Tom helpt Sjakie met het uitladen van de vrachtwagen. Zijn gezicht staat nog steeds op onweer, denkt Tomi.

'Ik ga naar boven. Eerst maar eens lekker douchen,' roept Irma. 'Nu voel ik pas hoe moe ik ben. Kom je ook zo?'

Tomi slentert achter Irma aan naar boven. De sfeer is

niet leuk. Ook Irma doet een beetje kribbig. Die voelt zich er ingeluisd, denkt Tomi. Maar als ik het haar verteld had, was de viool zeker niet bij Sophie terechtgekomen.

'Ga jij maar eerst douchen,' zegt Irma. Tomi schudt van nee. Ze heeft even helemaal nergens zin in. Ze voelt zich net zo leeg als het huis van Sophie. Die moest trouwens eens weten dat er van haar spulletjes niets meer over is. Weg al die mooie kasten, de schilderijen en de klok. Morgen brengt Sjakie de spullen naar een veiling. Tomi denkt aan de grote witte plekken op het bloemetjes behang. Het stof achter de kasten en de vuilniszakken in de gang.

'Nou, dan ga ik even,' zegt Irma, verlangend naar het warme water. Als ze de kamer uit is, komen bij Tomi plotseling de tranen. Het kan d'r niks schelen. Ze wil gewoon even heel hard janken, om alles. Om het lege huis van Sophie en om haar ongerustheid. Maar ook om de kwaaie kop van Tom. Zo, denkt Tomi, dat lucht op. Ze snuit haar neus. Als ze Irma in de keuken bezig hoort, glipt ze naar de badkamer. Onder het warme water voelt ze zich weer wat plezieriger. Ze poetst met het washandje over haar wangen. Ze gloeien er van. Ook Tomi merkt dat ze moe is. Ik doe vast mijn pyjama aan, denkt ze.

Als Tom bovenkomt zegt hij niet veel. Ook hij gaat onder de douche. Zonder te zingen, denkt Tomi. Die heeft echt een slecht humeur. Als we straks gegeten hebben ga ik gewoon naar bed. De bui zal wel weer overwaaien, denkt ze optimistisch. Irma dekt de tafel. Ze heeft eieren gebakken. Het ruikt lekker. Even later zitten ze aan tafel. Tom is nog steeds erg stil.

'Als je nog steeds nijdig bent, dan stuur je me maar naar bed. Hier heb ik geen zin meer in. In dat stommetje spelen bedoel ik!' roept ze nijdig.

Ze ziet hoe Tom vragend naar Irma kijkt. Irma knikt.

'Moeten jullie soms overleggen? Bah, wat doen jullie vervelend,' roept Tomi beledigd. 'Zit toch alle twee niet zo geheimzinnig te doen...'

Ze wil opstaan om naar bed te gaan. Als zij het dan niet zeggen, gaat ze wel uit haar zelf.

Nu staat Tom op en loopt naar de kast. 'Blijf maar even zitten,' gebiedt hij. 'Wij moeten nog even praten.'

Tomi blijft verbaasd op haar stoel zitten. Die preek had ze toch vanmiddag al te pakken. Wat valt er nou nog te praten?

Tom haalt een langwerpig boekje uit de kast. Hij gaat er weer mee aan tafel zitten. 'Ik zeg het nog maar een keer. Die stunt van vanmiddag was niet slim, maar...'

Nog voor Tom is uitgepraat staan de tranen alweer in Tomi's ogen. 'Weet je wat jullie zijn? Egoïsten, vreselijke egoïsten! Om zo'n oud mens zo hartstikke ongerust te maken. Ik ga naar bed!' Tomi staat op, maar Tom grijpt haar bij haar schouders.

'Je laat me niet uitpraten. Ik wilde zeggen: maar eigenlijk had je wel gelijk. Ik heb niet geweten dat Sophie zich zoveel zorgen maakte om haar viool.'

Tomi knikt. Zoveel medeleven had ze nou ook weer niet verwacht. 'Ik was heel bezorgd om de viool, daar ik plotseling te weten kwam hoeveel het instrument waard is.'

Hij pakt het langwerpig boekje en slaat het open. 'Sophie heeft haar testament opgemaakt. Dit boekje is een kopie van het testament waarin beschreven staat waar de waardevolle spullen heen gaan als ze komt te overlijden.'

Nu staat Tomi op. 'Sophie is nog niet dood en volgens mij mag je helemaal niet in zo'n testament kijken. Het gaat jullie gewoon niet aan wat daar in staat.'

'Doe nu eens niet zo opstandig,' zegt Irma geërgerd. 'Blijf zitten en houd je grote mond.'

'Dit testament is een kopie,' gaat Tom verder. 'Sophie heeft het mij gegeven toen ik haar kleding kwam brengen. Ze heeft geen naaste familie en daarom zal ze veel aan ons nalaten.'

'Maar ze is niet dood,' mokt Tomi nog steeds. Ze wil gewoon niets horen over een dooie Sophie.

'De boeken zijn voor ons en ook de opbrengst van de veiling. Daarnaast heeft zij nog wat spaargeld. Maar ze heeft nadrukkelijk vermeld dat haar viool voor jou is. Er zit een taxatierapport bij, daarin staat hoeveel de viool en de strijkstok waard zijn. En eerlijk gezegd ben ik daar erg van geschrokken. Zo'n groot bedrag! Toen je de viool vanmiddag zomaar meenam, ben ik heel boos geworden. Daar heb ik spijt van,' zegt Tom eerlijk. 'Ik besef nu dat de viool nog steeds van Sophie is. Sophie houdt van haar instrument, daar mogen wij nog niet aankomen.'

'Als je het maar weet,' stamelt Tomi. Ze is helemaal van haar stuk gebracht. De mooie, waardevolle viool voor haar? Later als ze aan een hele viool toe is, zal ze op Sophies viool spelen. Maar dan is Sophie al dood... Een viool die meer dan honderd jaar oud is... Tomi's hoofd tolt. Maar eerst is de beurt nog aan Sophie. Morgen speelt ze haar droomconcert en zal ze, zoals beloofd, keihard bidden dat het goed gaat.

Droomconcert

Tomi en Daan zitten op de trap. 'Vandaag speelt Sophie haar droomconcert,' zegt Tomi.

'Wat is een droomconcert?' vraagt Daan. Een taartenconcert weet hij nu wel, maar een droomconcert. Trouwens, Tomi had toch gezegd dat Sophie in een bejaardenhuis zit. 'Gaat ze voor de bewoners van het bejaardenhuis spelen?'

'Een droomconcert is een concert dat in je hoofd speelt. Sophie speelt vandaag het allermooiste concert van haar leven. In een hele mooie concertzaal met veel publiek. De zaal is uitverkocht, want iedereen weet dat Sophie een prachtige violiste is.'

'En dat allemaal in je hoofd?' vraagt Daan ongelovig.

'Zie je het voor je?' vraagt Tomi een beetje streng.

'Eh, ja eh, een beetje wel,' zegt Daan voorzichtig. Tomi heeft meer fantasie dan hij.

'Doe je ogen maar dicht. Dan zie je een groot podium met Sophie in de schijnwerpers. Het publiek is muisstil. Sophie heeft een prachtige jurk aan tot op de grond.'

'Is ze zenuwachtig?' vraagt Daan die met zijn ogen dicht z'n best doet om Tomi te volgen.

'Nee, ze is niet zenuwachtig. Wel gespannen, het wordt haar beste concert ooit. Ik heb beloofd om te bidden dat het goed gaat,' fluistert Tomi.

'Bidden zoals in de kerk?' vraagt Daan.

'Dat weet ik niet,' sist Tomi ongeduldig. 'Ik kom nooit in de kerk. Maar Sophie is christelijk, dus bid ik dat het goed gaat. Je moet nu van alle twee je handen je wijsvinger en middelvinger kruisen.'

'Christelijke mensen doen hun handen samen,' fluistert Daan terug. Hij vindt het maar een ingewikkeld gedoe. Hoe verzint ze het. Daan kijkt door de kiertjes van zijn oogleden naar zijn vingers. Zijn vingers zitten zowat in de knoop.

'Wij zijn niet christelijk, daarom doen wij het zo. Als je je vingers hebt gekruist zeg je toi, toi, toi.'

Daan grinnikt. 'Wat is dat nu weer?' Hij heeft moeite om zijn ogen dicht te houden. Zijn vingers doen eerlijk gezegd een beetje pijn.

'Dat zeggen kunstenaars als ze elkaar succes wensen,' weet Tomi.

'Hoe weet jij dat?' vraagt Daan met bewondering in zijn stem.

'Omdat ik later ook een kunstenaar word,' fluistert ze. 'Daarom. En nu stil, want ze gaat beginnen. Toi, toi, toi!'

'Toi, toi, toi,' herhaalt Daan geduldig.

'Laat Sophie vechten voor elke noot. Ze speelt niet voor de kat z'n viool, iedereen luistert. Alstublieft, laat de kunstenaar en de arbeider hun werk doen,' bidt Tomi hardop.

'En dat ze maar veel applaus mag hebben,' doet ook Daan een duit in het zakje.

Soms schieten zijn vingers van elkaar. Op z'n christelijk is toch gemakkelijker.

'Natuurlijk krijgt ze dat,' zegt Tomi kattig. 'Zo mooi heeft nog niemand ooit gespeeld.'

Daan kijkt stiekem naar Tomi. Ze heeft nog steeds haar ogen dicht en haar gezicht omhoog gericht naar het plafond.

Het lijkt wel of ze echt muziek hoort, denkt Daan. Hij knijpt zijn ogen weer dicht.

Misschien moet hij het toch ook nog eens proberen. Het is nu heel stil op de trap.

Het concert loopt teneinde. Aan het slot een ritenuto overgaand in een fermate. De laatste gevoelige streek... Het applaus klinkt op. Een buiging naar het publiek als dank. De schijnwerpers op het podium gaan uit. Het gordijn sluit zich voorgoed.

Tomi zucht. Nu ze haar ogen open heeft, kruipt er een gek gevoel vanuit haar hoofd naar haar buik. Daan zit nog steeds met zijn ogen dicht. Ze kijkt naar hem. Soms weet je niet wat je voelt. Misschien heeft dat gevoel wel een

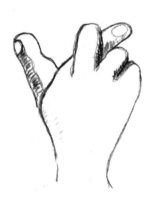 

naam. Verdriet? Het zou kunnen. Of ontroerd? Verliefd misschien?

'Ik wil wel zoenen,' fluistert Tomi. Daan doet één oog open. 'Nou dat wil ik ook wel. Zoenen bedoel ik!' fluistert hij terug.